LE
LIVRE DES PETITS GARÇONS

3ᵉ SÉRIE IN-12.

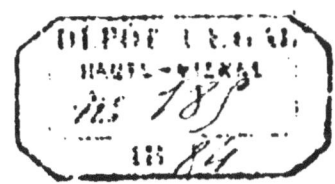

LE LIVRE

DES

PETITS GARÇONS

OU

LES DÉLASSEMENTS

DU CŒUR ET DE L'ESPRIT

PAR Mlle JULIA MICHEL.

LIMOGES

EUGÈNE ARDANT ET Cie, ÉDITEURS.

LE LIVRE

DES

PETITS GARÇONS

I

LE JOUR DE CONGÉ

C'était une jolie ferme tout entourée d'arbres, toute vivante par les mille bruits qu'y répandaient ses hôtes inévitables : là les poules becquetaient dans un tas de fumier, les canards clapotaient dans une mare, la chèvre capricieuse, retenue par un piquet planté en terre, allongeait sa tête noire au travers d'une haie pour saisir quelques bourgeons de vigne, un âne revenu du marché penchait sa tête dans l'abreuvoir; et là, devant cette joyeuse habitation, s'était arrêtée, un jour, une troupe de petits garçons conduits par leur maître.

Le voisinage de la ferme, qui promettait du bon lait chaud, du pain bis tendre, de la galette fraîche, tout avait décidé la bande folâtre à choisir cette place pour ses ébats. A peine les rangs furent-ils rompus, que chacun se mit en devoir de passer gaîment cette heure de récréation; et la toupie de tourner en soufflant sur le carré de terre durcie, qui, longeant les murs de la ferme, s'arrondissait en fer à cheval devant sa porte moussue; et le volant de bondir de l'une à l'autre raquette, le sabot de siffler sous les coups de la peau d'anguille. Ceux-ci cherchaient, tout courbés devant la ferme, un débris de faïence bleue pour tracer dans le sable une marelle bien régulière; ceux-là avaient dressé leurs quilles sur le gazon; une partie de barres commençait à s'organiser; devant un tronc d'arbre, l'un d'eux, ayant déposé un magnifique cerf-volant, s'occupait à rajuster les papillotes de la queue froissée pendant la marche, tandis qu'avec un regard d'admiration un autre attendait debout, la pelotte de ficelle en main, contemplant à son aise le splendide cerf-volant tout enluminé, semé, avec une profusion rare, d'étoiles en papier bleu, de ronds et d'ovales, embellis au milieu par une gravure où

Geneviève de Brabant était représentée avec sa biche. Mille acclamations confuses retentissaient, se croisaient dans la campagne.

— Vois donc comme ma toupie ronfle !

— C'est mon volant qui fait bien la rose !

— A toi ! — A moi ! — J'ai gagné !

— Prosper est prisonnier. — Non, je l'ai délivré.

— Tiens ferme, déroule la ficelle.

— Comme il vole, il est au-dessus de la maison !

— Ah ! mon ballon s'est crevé, dit tout-à-coup un petit garçon ; et son cri de chagrin, de regret, s'éleva tout seul au milieu des joyeuses clameurs. Et il s'assit sur le banc de pierre, il pleura doucement en regardant encore ce ballon qui tout à l'heure sautillait si vivement du sol aux vieilles murailles, tout étincelant, tout brillant de ses triangles de peau bariolée, maintenant flasque, flétri, roulé dans la main du pauvre enfant.

Un petit espiègle l'aperçut :

— Tiens, Louis a crevé son ballon, dit-il, et il pleure ; ah ! c'est joli de pleurer pour un ballon ! Il n'y a que les petites filles qui pleurent.

Et il s'éloigna en faisant *ratisse* au pauvre
affligé.

— Est-il cocasse de pleurer ! reprit un autre
en chassant avec son pied la pierre qui soutil-
lait sur la marelle; hi! hi! Ah! que c'est joli!

— Bon ! tu as mis le pied sur la raie, Adrien,
dit l'enfant qui jouait à la marelle avec le mo-
queur.

— Allons donc, le malin ! il prend le moment où je parle à ce mioche pour me tricher.

— C'est bien vrai, tu as appuyé un talon sur
la raie...

— Eh bien ! recommençons.....

Louis, le pauvre enfant au ballon, baissait la
tête à la moquerie, renfonçant ses larmes avec
ses doigts, comprimant ses lèvres entre ses dents
pour retenir ses sanglots. Son ballon était re-
tombé à terre, et il le regardait tristement, lorsqu'un petit mutin à tête frisée vint le joindre.

— Eh bien! dit-il en faisant sauter avec son
pied les débris du ballon, eh bien! tu l'as donc
abîmé? c'est dommage, moi qui venais te demander de me le prêter.

Louis répondit par un sanglot.

— Veux-tu jouer aux billes? demanda le

petit étourdi; je te prêterai ma belle bille d'a-
gate.

— Mon ballon, mon ballon, murmurait toujours Louis; mon pauvre ballon!

— Ah bah! il ne faut pas y penser: ton ballon! ton ballon, à présent qu'il est crevé, c'est
fini.

— C'était maman qui me l'avait donné; mon
Dieu, mon Dieu!

— Voyons, interrompit l'espiègle impatienté,
veux-tu jouer aux billes? une, deux, trois, tu
ne veux pas?... Et, sans attendre la réponse, il
s'éloigna à cloche-pied, criant : Qui veut jouer
à la fossette? qui veut jouer à la fossette?

Et Louis se trouva encore une fois abandonné.
Tiens, dit-il tout-à-coup, si j'achetais du lait?
Et il fouilla dans la poche de sa petite veste
bleue, dans celles de son pantalon blanc, de
son gilet, où, le matin, il avait déposé la petite
pièce de dix sous qu'il recevait chaque semaine
pour ses menus plaisirs.

— Ah! mon Dieu, s'écria-t-il tout effrayé,
est-ce que je l'aurais perdue! Et il fouilla une
seconde fois dans sa poche, la vida, la retourna, en tira tour à tour un couteau, un mouchoir

de poche, une vieille toupie sans clou, mais de petite pièce point.

— Mon Dieu, mon Dieu! sanglotta le pauvre Louis, regardant tour à tour ses poches vides et son ballon crevé; et il se retourna pour pleurer à son aise.

— Mes petits messieurs, dit la fermière, qui sortait avenante et accorte avec son jupon rouge, son tablier gorge de pigeon, ses souliers à boucle, son bonnet à barbe, son blanc fichu plissé en coude sur le derrière du cou, pour qu'on pût voir sa petite Jeannette d'argent, mes petits messieurs, voulez-vous acheter du lait chaud, des cerises, des fraises, du fromage à la crème, de la galette? Entrez, la galette sort du four, elle est délicieuse. Qui veut goûter de la bonne galette, aller cueillir des fraises au jardin, ramasser des cerises sur l'arbre?

Louis s'élança d'abord; puis la perte de ses dix sous lui apparut si formidable qu'il ne bougea pas, lui qui aimait tant la galette et les fraises!

Du reste, il fut le seul qui ne pût se rendre à l'invitation de la gentille fermière; il y eut un mouvement général, extraordinaire parmi les enfants; le cerceau roula tout seul, la baguette fut jetée après lui, les quilles furent renversées, la marelle abandonnée. A un coup décisif, les sauteurs s'interrompirent dans une veine superbe ; les toupies ronflèrent à leur aise, le volant tomba au beau milieu de la mare, sans qu'on songeât à le ramasser ; les deux camps du jeu de barres confondus volèrent à la ferme et tous les joueurs, se poussant, entrèrent pêle-mêle dans la grande salle du fermier. Car tous avaient le gousset garni ce jour-là, la semaine ayant été distribuée le matin, et c'était à qui serait servi le premier.

— Je veux du lait et du pain bis! Du fromage à la crème! — Pour trois sous de galette et deux sous de cerises!

— Combien les fraises? Qui veut acheter du cidre avec moi?

Ces clameurs, qui bruyaient au dehors, étaient trop bien entendues par le pauvre Louis. Chaque nouvelle demande lui faisait tinter les oreilles et ravivait son angoisse. A huit ans, même plus tard, qui n'est pas un peu gourmand? Surtout à la campagne, où l'on a toujours faim ; surtout quand on a la douleur d'avoir perdu le seul jouet qui pouvait distraire et faire oublier l'appétit!

Les enfants ne tardèrent pas à sortir, tous commençant à faire honneur à leurs emplettes, les uns déjà tout barbouillés du fromage qui s'étendait en couche épaisse et blanche sur une large tartine; les autres, la tête penchée sur la jatte de lait, y découpent un croûton bien tendre. Puis c'étaient des fraises sur une feuille de vigne, des cerises dans une casquette, le tout fêté de si bonne grâce que l'eau vous en montait à la bouche.

— Va donc acheter, Louis, il ne restera bientôt plus de galette, et elle est joliment bonne, va, dit, en passant, Prosper, le petit garçon aux billes, la bouche pleine, tenant à la main son morceau de galette bien jaune, dont le parfum tourmentait horriblement le pauvre Louis.

Un autre succéda : Est-il pleurnicheur ce Louis! qu'as-tu donc que tu ne déjeunes pas?

— C'est son ballon qui est crevé, il n'a plus faim, reprit un troisième.

— Ah! c'est un avare, je suis sûr que c'est pour ne rien dépenser.

— Il a perdu ses dix sous, je parie; il marche toujours tout d'une pièce, d'abord.

— Fallait donc mettre ton argent dans le coin de ton mouchoir de poche, comme moi.

— Il est insipide, ce gamin-là; c'est pire qu'une demoiselle. Dis donc à ta maman qu'elle t'achète une robe et un bonnet, ma petite, dit ironiquement le joueur à la marelle.

En ce moment Léon, le possesseur du cerf-volant, arriva tout en sueur, courant pour faire lever son cerf-volant, qui déjà flottait là-haut, là-haut, comme s'il eût touché les petites nues blanches qui couraient dans l'air balayées par un vent frais.

— Dites donc, les amis, s'écria-t-il, j'espère que vous n'avez pas tout pris; y a-t-il encore de la galette et du lait? Je meurs de faim et de soif, d'abord.

Comme il parlait ainsi, il aperçut le pauvre Louis, toujours piteusement à l'écart, les yeux rouges, le cœur gonflé.

— Eh bien! qu'as-tu donc? dit Léon s'arrêtant tout court, ne songeant plus au cerf-volant: t'a-t-on fait quelque niche? parle, mon pauvre Louis.

L'enfant montra son ballon, puis il dit: — J'ai perdu mon argent, et j'ai faim...

Tous riaient derrière Léon. — Celui-ci se retourna, laissant tomber la pelote de ficelle. — Et vous ne lui avez rien donné? Ah bien! par

exemple, il faut être gourmand, tout de même.
Viens, ajouta-t-il, en prenant Louis par le bras;
viens, nous allons partager. — Voilà le cerf-
volant qui tombe! dirent les autres enfants, un
peu confondus par la générosité de Léon.

Louis courut ramasser le cerf-volant, l'ap-
portant avec précaution à son petit protecteur.
— Il n'est pas gâté, observa-t-il en souriant.
— Tant mieux, répondit Léon, car il est pour
toi; en rentrant je tâcherai de raccommoder ton
ballon; en attendant, allons déjeuner.

Quelques instants après ils étaient installés
sur un banc de pierre, déjeunant amicalement :
Léon plus heureux que Louis peut-être!

— Ah! mon Dieu, comme c'est bon le pain
bis dans le lait! disait le premier, tant sa bonne
action lui faisait paraître ce simple régal délicieux. Quand tout fut cordialement partagé et
achevé, les deux enfants allèrent faire lever
leur cerf-volant, et l'heure s'écoula pour eux
joyeuse et rapide. Quant aux autres, il n'en fut
pas de même; il y avait comme un repentir sur
leur cœur. Et vous le comprendrez, mes enfants; vous êtes ainsi : alors que votre petite
conscience vous adresse un reproche, vous ces-
sez d'être joyeux, alertes, souriants, et cela jus-

qu'à l'instant où le pardon, le baiser de votre bonne mère vous auront réconciliés avec vous-mêmes.

— Déjà partir! dit Léon, à l'appel du maître; il me semble qu'il y a à peine un quart d'heure que nous sommes ici.

— Vraiment, reprit Adrien, voilà plus de trois heures; et quand même on s'ennuie comme tout ici.

Les rangs se formèrent, les enfants dirent adieu à la ferme, et une demi-heure plus tard ils arrivaient au pensionnat.

— Louis! Louis! ta maman t'attend au parloir, cria-t-on à l'enfant, comme son rang dépassait le seuil. Il fit un bond de joie et s'élança dans le salon.

Il revenait quelques instants après, tout chargé de friandises. — Léon, Léon, appela-t-il en entrant dans la classe; Léon, tiens, voilà pour nous deux! Et il étalait sur la table des tartes, des massepains, des meringues, des oranges confites.

—Tiens, prends le reste, tu le serreras dans ta baraque, ce sera à nous deux. Je te dis cela pour nous dépêcher, vois-tu, parce que Monsieur a permis à maman de nous emmener tous deux.

Nous allons aller dîner avec elle, et de là elle nous conduira à Franconi.

Léon reconnaissait alors la vérité de cette parabole qu'on vous adresse toujours, lorsque vous renoncez à une légère jouissance en faveur du pauvre petit Savoyard étendu sur le trottoir : *Une bonne action n'est jamais perdue.*

— Ils vont joliment s'amuser, dit Prosper, avec un rire assez piteux, à Adrien qui battait le rappel sur son pupitre en chantant :

V'là le rappel, v'là le rappel
V'là le rappel des bouts de chandelles.

— Ah bah ! ça m'est bien égal, dit-il, je n'aime pas faire l'hypocrite, moi !

Toutes les fois qu'Adrien disait : Ça m'est bien égal, c'est que ça ne lui était pas égal du tout.

— Je n'aurais pas dû me moquer de ce moufflard de Louis, pensa-t-il, surtout, lorsqu'au dernier ébranlement de la cloche, en entrant dans le réfectoire, son odorat lui annonça la présence d'un plat de lentilles, mets inévitablement suivi d'une soi-disant compote de pruneaux, chose qu'il exécrait par-dessus tout. Et il se mit à faire des boulettes de mie de pain ; puis, visant le nez d'un Alexandre posé sur le poêle du réfectoire, il ajouta tout bas :

— C'est bisquant, tout de même : est-il heureux ce Léon !

Soyez toujours obligeants, mes petits amis, la récompense viendra d'elle-même.

II

LES JEUNES SOLDATS.

Je ne saurais être plus content de Léon, avait dit un jour M. Sennerre, le maître du pensionnat, au père du bon petit garçon dont je vous ai parlé plus haut ; ses devoirs sont toujours soignés, propres ; il est d'une application, d'une docili é que je propose pour exemple à tous ses camarades.

Et le lendemain on apportait à Léon un charmant costume de lancier, objet de convoitise depuis longtemps pour cet aimable enfant. Rien n'y manquait, en vérité : c'était l'élégante casquette, si gracieuse, si dégagée, le pantalon rouge à liseré noir, la petite veste à brandebourgs, les épaulettes, le sabre ; en un mot, l'uniforme était au grand complet. Léon éprouva

un délire de joie; ce jour-là, justement, se trouvait un jeudi; l'après-midi tout entière était
accordée aux jeux. Léon put endosser son bel
uniforme, chacun vint l'admirer à son aise, des
pieds à la tête; puis, tout examen fait, malgré
M. Adrien, qui, selon sa noble habitude de railler à tort et à travers, cornait aux oreilles de
qui voulait l'entendre :

Oh ! le bel oiseau, vraiment, etc.

tous proposèrent à Léon de jouer au soldat et
d'être leur commandant.

Donc, cette détermination prise, chacun se
mit en devoir de s'équiper le plus convenable-
ment possible, déchirant les vieux cahiers pour
faire des chapeaux à trois cornes, posant des
cocardes de papier sur les casquettes et les chapeaux, passant avec ostentation dans la cravate
mise en ceinturon les règles plates qui devaient
figurer les épées. Puis les vieux trognons de
plumes, trouvés épars dans les classes, se dres-
sèrent en aigrettes, en plumets. Les manches à
balais, mal consolidés, s'appuyèrent sur les
épaules de la milice nouvelle en redoutables
piques. Prosper, qui était fort pour l'imaginative,
après avoir fourni ses camarades et lui-même

de moustaches effrayantes, grâce à un bouchon brûlé avec une industrie tout ingénieuse, parfuma son mouchoir de poche d'encre rouge, l'attacha après le jonc à battre les habits qu'il avait trouvé dans le vestibule, et, faisant ondoyer ce magnifique étendard, arriva en galopant au milieu de ses camarades, criant à tue-tête : — Place au drapeau! place! c'est moi qui suis l'enseigne! — Et moi, t'es-te ze suis? dit une petite voix impatiente. — C'était Bibi, le petit du concierge, gros garçon de quatre ans, qui, la figure toute luisante d'une tartine de graisse, dont il avait léché le dessus, la tête encore défendue par un énorme bourrelet, réclamait sa place dans le régiment.

— Et le petit, faut-il qu'il joue? demanda Louis à Léon; qu'est-ce qu'il sera, le bambin? — Ah bien! ce sera un cuirassier, voilà son casque, dit Léon, en frôlant le majestueux bourrelet d'une chiquenaude.

Aussitôt maître Bibi courut, roula plutôt qu'il ne marcha, jusqu'à la loge.

— Maman, donnez la ziberne et le fusil à Bibi : le fusil et la ziberne, cria-t-il en frappant du pied.

— Oh! une idée, s'écria Prosper; assiégeons la cabane aux poules.

— Ça y est! cria l'assemblée, ça y est!

— Ça y est! répéta Bibi, qui arrivait complètement équipé.

— En avant... marche! Pieds à gauche, dit Léon, en tirant son sabre, et le brandissant au soleil.

Tous se dirigèrent au pas vers la basse-cour; après maintes voltes-faces, ils arrivèrent devant le petit treillage qui séparait la volaille des cours et des jardins. Là, d'après un énergique commandement de Léon, la troupe fait halte.

— Attention! s'écria le valeureux capitaine; voyons à présent. Portez armes!... Présentez armes!... Armes bras!... Feu!!!

Tous les manches à balais se tendirent. Pif... paf... pan..... Les poules eurent l'impertinence de soutenir la détonation sans bouger, sans relever le bec seulement...

— Recommencez la décharge, s'écria Léon, une noble rougeur au front...

Pif... pan... pif... Cette fois toutes les poules se sauvèrent éperdues, battant de l'aile, gloussant à qui mieux mieux; jugez... M. Bibi impatienté avait levé le loquet de la petite porte, et courait après les poules, baïonnette en avant.

— Bibi a pris la place! Bibi, bravo, Bibi a pris la place! criaient les assiégeants. M. Bibi prenait bien autre chose : enthousiasmé par les cris de victoire, il avait rejoint dans une encoignure un malheureux poulet qu'il tenait embroché, et qui, se débattant pitoyablement, allait expirer sous les coups du vindicatif héros, lorsqu'un gros dindon avisa, par malheur, le fichu de barége rouge qui entourait le cou de maître Bibi, et se mit à le poursuivre en fureur. L'infortuné Bibi avait trouvé sa bataille de Waterloo!.... Il se sauva à toutes jambes, criant comme un enragé, abandonnant sa baïonnette, son bourrelet emporté par un coup de vent, et toujours le dindon, le dindon fatal rasant sa petite blouse.

— Couvrez la retraite, mes amis! clama Léon : la phalange redoutable s'ébranla, s'entr'ouvrit juste au moment où Bibi arrivait trébuchant, éperdu; il se jeta au milieu de ses frères d'armes, et pour dernier désastre tomba sur son nez, qu'il outragea horriblement.

— Vengeance! vengeance! le dindon avait perdu la piste; la troupe exaspérée se précipita dans la place assiégée : poules, poussins, ca-

nards, dindons, tout ce qui s'ensuit, se sauva
à tire d'aile dans la cour et dans le jardin.

— Victoire! Victoire! cria Prosper, en grim-
pant sur le pigeonnier, et attachant avec sa jar-
retière le drapeau vainqueur au petit tourniquet
du toit....

— Ah! les drôles! Ah! les polissons! Voilà
une belle débâcle! s'écria madame Laurent, la
portière, arrivant tout effarée au milieu du dé-
gât, son bonnet sur l'oreille par suite de sa stu-
péfaction, les jupons retroussés, marchant sur
ses pointes, pour éviter les éclaboussures. Voulez-vous me ficher le camp, donc, et faire ren-
trer la volaille? Ah! bon Jésus du bon Dieu, les
poulets qui sont dans les tulipes à Monsieur,
et le dindon qui s'en va, et le grain qu'est par
terre : ah! les drôles! les polissons!

— Où que t'es donc, Bibi? ajouta la terrible
madame Laurent.

Bibi, tremblant comme la feuille, s'était blotti
derrière Louis, le tenant par les basques de son
habit ; il s'avança à la grosse voix de la portière.

— Voici, mémère, dit Bibi en montrant son
pied gauche et sa grosse tête, tandis que le reste
de sa petite personne était à l'ombre de Louis.

— Ah! je t'en donnerai des mémères. Où que

tu t'es fait cette bosse au front? te v'là gentil garçon, ma foi! et ton fusil où qu'il est?

Bibi avança piteusement la main dans la direction du poulet, toujours embroché par la baïonnette.

Madame Laurent devint de toutes les couleurs.

— Ah! malheureux, c'est-y toi qu'a fait ça?... Allons, les verges trempées dans du vinaigre, et de l'eau dans la soupe, et Croquemitaine que j' m'en vas appeler par la cheminée.

Bibi se mit à sangloter.

— C'est moi qui ai enflé le poulet, mame Laurent, dit bravement Léon en s'avançant. Il ne faut pas gronder Bibi, je paierai le poulet.

— Nous le paierons tous! s'écrièrent les jeunes soldats.

— Puis voilà tout le bataclan qui est rentré, dit Prosper, en chassant devant lui un gros coq blanc, le dernier déserteur. Quant au poulet.....

— Quant au poulet, pour rendre service à M. Léon, interrompit Clément le cuisinier, il sera fricassé pour le diner de Monsieur, et rien ne s'y verra.

— Allons, v'là qui est bon, dit madame Lau-

rent à moitié apaisée, en rajustant son bonnet.
Le feras-tu encore, Bibi?

— Non, Bibi fera plus jamais, plus jamais!
— Allons, arrive que je te bassine le front avec
de l'eau et du vinaigre.

La cloche sonna en ce moment, les exploits
militaires en restèrent là, et, grâce à l'excellent
caractère de Léon, qui savait se faire aimer de
tout le monde, le plaisir qu'ils eurent dans leur
petite expédition se trouva sans revers de mé-
daille.

III

LE COLIN-MAILLARD.

Le second déjeuner venait d'être terminé.
— A quoi jouerons-nous aujourd'hui? s'écria
Léon en sautant à pieds joints par-dessus la
petite allée de pavés qui serpentaient dans la
cour, plantée de peupliers, sablée et gazon-
neuse.
— Au cheval fondu!

— A cache-tampon!

— A Colin-Maillard! à Colin-Maillard!

— Oui, oui, à Colin-Maillard, fut répété d'une voix unanime.

— Alors j'en suis, s'écria Adrien, en sautant au milieu des délibérateurs. Qu'est-ce qui le sera, voyons? je vais vous faire tirer au doigt mouillé.

— Non pas toi, dit Louis, tu triches toujours, et puis nous sommes trop pour le doigt mouillé; Léon, dis-nous : Une poule sur un mur.

— Volontiers.

Un cercle se forme; Léon, le bras étendu, parcourut toutes ces joyeuses figures, passant de l'une à l'autre à chaque nouvelle syllabe du quatrain que tous les enfants connaissent :

> Une poule sur un mur,
> Qui picotait du pain dur,
>   Picoti, picota,
> Lève ta queue et puis t'en va
> Par ce petit chemin-là.....

Le *là* redoutable s'arrêta à Adrien. Celui-ci, tout résigné, par extraordinaire, détacha sa cravate, et se la mit sur les yeux.

— Je parie deux sous qu'il y voit, ce tricheur d'Adrien, dit Prosper à Louis, tandis que l'un.

prenant le Colin-Maillard par le bras lui faisait
subir les épreuves usitées.

— Combien y a-t-il de doigts levés? dit Léon
les deux mains dans ses poches....

— Neuf, répondit Adrien.

— Va, tu n'es qu'un pauvre aveugle, répliqua Léon; as-tu ton couteau?

— Oui.

— As-tu ta fourchette, ta cueiller?

— Eh bien! passe ton chemin, bon voyage!
Et le poussant doucement, Léon alla rejoindre
ses camarades, qui, tournant autour de Colin-
Maillard, commencèrent à s'agiter autour de lui,
le harcelant sans cesse, se plaçant à sa portée,
puis lui échappant avec une pirouette, un mouvement d'épaules, le tirant par sa veste, lui
miaulant sous le nez, et toujours assez agiles
pour ne point se laisser prendre.

Adrien suait à grosses gouttes, ne prenait rien;
il était tout rouge sous sa cravate.

— Regarde donc, Anatole, disait Prosper, il
commence à se vexer, Adrien.

— Oh! ça oui, qu'il est vexé, dit Louis, presque tout haut.

Adrien l'entendit : par un mouvement inaperçu, il releva le bandeau de manière à voir

à son aise, pour se choisir une victime. Il avait
gardé une rancune au pauvre Louis depuis le
jour où cet enfant, reconnaissant de l'obligeance
de Léon, l'avait mené à Franconi, et l'avait ré-
galé de si bonnes choses, cela au nez, à la barbe
de messire Adrien. Puis aussi il faut vous dire
que Léon et Adrien étaient les deux antagonis-
tes, aux études comme aux récréations. Aux études, Adrien, rempli de mémoire, d'intelligence,
ne travaillait que fort peu, et pourtant réussis-
sait presque toujours, et ne savait rien que su-
perficiellement. Léon avait trois fois moins de
succès qu'Adrien; mais ce qu'il apprenait une
fois, il le savait bien, et le savait réellement.
Aux récréations, la même différence de goût et
de caractère se rencontrait entre ces deux enfants. S'il y avait quelque mauvais tour à faire,
quelque bonne farce à jouer à un pion, quelques
denrées à détourner, quelque devoir, quelque
obligation à esquiver, Adrien était l'élu, le
choix, l'idole des mauvaises têtes. Y avait-il un
pauvre diable à défendre, un petit à consoler,
une grâce à implorer, une fête, une surprise à
ordonner dans le secret, Léon avait la priorité.
Louis s'était déclaré hautement pour Léon,
Adrien lui en voulait comme à un partisan en-

nemi; puis le pauvre Léon avait eu le malheur
récent de dire : — Oh ça, oui, qu'il est vexé,
Adrien ! Vexé, c'est que c'est une expression bien
humiliante au collége, vexé ! Plus tard vous
saurez que pour un geste, une parole, les hom-
mes se donnent la mort quelquefois; messieurs
les collégiens, lorsqu'on leur dit : Tu es vexé !
vous boxent d'importance et vous administrent
le croc-en-jambes d'une manière admirable.
N. Adrien était du nombre de ces aimables per-
sonnages. Il pirouetta quelque temps, tout en y
voyant fort bien, au milieu des risées et du casse-
cou perpétuels ; puis enfin il empoigna Louis, et,
le serrant dans ses bras, promena l'une de ses
mains sur ses habits, ses cheveux, sa figure; et
bien qu'on l'eût coiffé du bonnet de coton du
cuisinier qui passait, Adrien, bien sûr de son
fait, s'écria : C'est Louis ! — C'est moi qui le
suis alors, dit l'enfant; tiens, Léon, attache mon
bandeau.

Et, peu de temps après, Louis s'évertua... les
bras tendus, à faire quelque prise : tout-à-coup
il se sentit fortement pincé au bras.

— Je suis sûr que c'est ce méchant Adrien,
se dit-il en reconnaissant sa manière de tousser.
Il résolut de le poursuivre et de l'attraper.

C'était à cela que le rusé Adrien voulait en venir. Il y avait dans la cour un tonneau toujours plein d'eau destinée à arroser quelques plates-bandes qui, renfermées dans leurs bordures de bois, longeaient les murs du rez-de-chaussée.

Adrien se dirigea de ce côté, toujours en toussottant, et attendit, les bras étendus, deb ut devant le tonneau, l'infortuné Colin-Maillard.

— Je le tiens, je le tiens ! s'écria Louis. Au même instant Adrien sauta de tous côtés sans crier *casse cou*, le méchant garçon ; et Louis tomba dans le tonneau, se fit beaucoup de mal, et eut de l'eau par-dessus les oreilles.

Il n'y eut qu'un cri d'indignation contre Adrien : un maître arriva ; le pauvre Louis fut retiré du tonneau dans un état à faire pitié ; Adrien fut accusé d'une voix unanime.

— Ah bah ! c'était pour rire, dit le vaurien, et puis ce n'est pas ma faute d'abord.

— Vous copierez trois cents vers, vous serez en retenue pour la première sortie, et privé de récréation cette semaine, dit le maître ; rentrez.

— Je m'en moque pas mal ! murmura Adrien en hochant la tête et s'éloignant. Cette ganache

de pion, si je ne lui tourne pas une omelette
dans le genre, je veux être pendu : Et il rentra dans la classe, en sifflant :

Il était un petit bonhomme
Tout habillé de gris,
Tirliri, etc.

Le soir, le pauvre Louis eut la fièvre ; le bain
froid qu'il avait pris, bien malgré lui, dans un
moment où il était en pleine transpiration, fail-
lit le mettre en danger. Léon, toujours aussi
obligeant, vint passer presque toute la récréation
auprès du lit du pauvre malade, lui racontant
de belles histoires, lui montrant des estampes,
les lui expliquant avec une patience d'ange.
Mais aussi, comme toujours, cet aimable enfant
ne tarda pas à recevoir la récompense d'une
action qu'il ne faisait pourtant que pour sa pro-
pre satisfaction.

Louis se rétablit au bout de huit jours ; comme
on était à l'époque du congé accordé pour les
trois journées de juillet, madame Valéal, sa
mère, obtint de monsieur Sennerre que son fils
ainsi que le bon Léon viendraient ensemble
passer une semaine à la campagne. Le surplus
de congé leur fut accordé d'autant mieux que

les maîtres, toujours plus enchantés de Léon et
des progrès que Louis avait faits depuis qu'il
s'était placé sous l'égide de son ami, assurèrent
qu'ils auraient bientôt regagné ces quelques
jours par leur application.

———

IV

UNE PARTIE DE CAMPAGNE.

Six heures du matin venaient de sonner; l'air
était frais pour la saison, la rosée brillait en
petites perles suspendues à chaque feuille d'arbre, les haies d'aubépine et d'églantines qui
bordent la montée de Sartrouville à Maisons répandaient de suaves parfums; on voyait mille
joyeux oiseaux bourdonner, voleter, allant des
buissons aux granges, des arbres aux toits verdis,
des petites chaumières semées le long de la
route. Dans le lointain, des collines bleues,
grises, roses, toutes vaporeuses, se groupaient,
s'échelonnaient, retenant sur leurs pentes ce
verdure de jolies maisons aux toits plats, aux

volets verts, riant de loin à l'œil comme des
fleurs échappées du gazon ; puis c'étaient des
villages tout entiers, mis là comme des four-
milières ; quelque vieille église au clocher aigu,
à la tourelle grise ; c'était l'un de ces tableaux
où tout est joie, parfum, harmonie. Une petite
carriole, menée par une jument, bondissait sur
la route aux éclats de rire qui s'échappaient de
dessous sa toile à raies bleues et animaient encore cette scène. C'étaient Louis, Léon et les
petits Derbain, qui profitaient de la permission accordée lors des trois journées pour aller
s'ébattre ensemble à la campagne de madame
Valéal, située à Maisons, dans le parc de
M. Laffitte.

— J'ai une faim d'enragé, dit Amédée Derbain
comme ils étaient dans la propriété.

— Et moi aussi, ajouta Louis ; mais je ne
m'en inquiète guère, car nous voici arrivés, et
je suis persuadé qu'un bon déjeuner nous attend
là-bas. Il montra, en allongeant le bras, le petit
pavillon chinois qui dominait les vertes feuillées
du parc.

En effet, une demi-heure plus tard, assis devant un délicieux déjeuner, nos petits amis
satisfaisaient, avec une grâce admirable, l'ap-

pétit excité par la route du matin. Puis Louis les mena dans le jardin, à la volière, leur montra ses livres d'estampes, ses filets, ses collections d'insectes et de papillons, les conduisit vers le petit bassin de la pelouse, où nageaient de jolis poissons rouges.

— Ce serait bien amusant de pêcher là, dit Amédée, en émiettant une brioche aux habitants du bassin.

— Oh! maman ne veut pas, reprit Louis; mais, si vous voulez pêcher, nous n'avons qu'à aller dans le parc, du côté de la rivière; là nous pourrons tendre des filets, attraper des oiseaux, des papillons, et nous nous amuserons bien, je vous assure.

La proposition fut unanimement accueillie. Marianne, la cuisinière, remplit un cabas de fruits, de pains mollets, de friandises; les enfants s'en chargèrent, ainsi que des filets, de l'échiquier, des boîtes à collections, et la petite caravane se dirigea vers la rivière, qui serpente, comme un ruban d'argent, dans les vertes prairies du parc. Quelques chèvres sautillaient éparses, des vaches indolentes ruminaient sous des peupliers; un petit moulin faisait entendre, non loin de là, son joyeux tic-tac, et des femmes qui lavaient, penchées sur l'eau, égayaient la scène, en chantant un refrain villageois, que reprenait par hasard le garçon meunier qui chargeait ses sacs sur le dos des mulets.

— Arrêtons-nous ici, dit Louis : qui veut être le pêcheur? — Moi, moi, répondit Amédée; c'est là mon fort, la pêche... — Qui sera l'oiseleur? toi, Henri. — Non, j'ai vu près de là de jolies petites fleurs que je ne connais pas, j'ai apporté mon herbier, et je vais les chercher.

— Et toi, Léon, que feras-tu? — Si tu veux me prêter ton filet à papillons, je grossirai la collection autant qu'il me sera possible.

— Eh bien! alors, arrangez-vous; moi, je vais tendre les filets pour prendre des oiseaux, dit Louis; et il commença à planter ses piquets à distances égales, tandis qu'Amédée, assis sur une pierre blanche qui dominait un endroit de la rivière assez poissonneux, lançait son échiquier, que Henri moissonnait ses fleurs, et que Léon commençait la journée en prenant une marse posée sur un rosier sauvage.

Alors tous quatre, absorbés par ces graves occupations, restèrent quelque temps silencieux.

— Eh bien! ça va-t-il, Amédée? cria enfin
Henri, tout fier d'une belle pariétaire et d'un
pied de draves à pétales, blanc-satiné, qu'il
venait d'ajouter à sa collection.

— Mais..... comme ci comme ça, répondit
Amédée d'un ton qui n'était pas enthousiaste du
tout.

— Il paraît que ça ne prend pas, demanda
Léon.

— Oh! ces poissons, c'est malin comme tout,
répliqua Louis; j'ai vu Simon, le garde-chasse,
rester là des quatre heures pour prendre seulement une poignée de fretin. Mais... chut! taisez-
vous donc, voilà un oiseau! Ah! j'ai pris un
oiseau! j'ai pris un oiseau!

— Une perdrix ou une bécasse? demanda
Henri, en accourant, ainsi que Léon.

— Oh! ne te moque donc pas, Henri; c'est
toujours un commencement : c'est un rouge-
gorge.

— Attention! arrivez donc, vous autres, venez m'aider. Oh! là, là, si vous ne m'aidez pas,
c'est le poisson qui va me pêcher. Oh! j'ai fait
une fameuse prise!

Les trois enfants accoururent; ils trouvèrent
Amédée tout en nage, rouge d'espérance et de

joie, tenant à grand'peine le manche de l'échiquier, qui, entraîné par un poids fort lourd,
fonçait assez avant dans l'eau.

— Arrivez donc, lambins, continua Amédée;
je vois que c'est moi qui vais faire tous les frais
du dîner; c'est, pour le moins, une truite ou un
brochet qui s'est laissé prendre.

Il faudra revenir tout de suite, pour que Marianne puisse l'apprêter pour ce soir; qui sait!
c'est peut-être un saumon.

— C'est un chat mort!... s'écria Henri, en
apercevant le premier l'objet roulé dans l'échiquier, et riant aux éclats.

— Tiens! cette drôle de chose! dit Louis.

— C'est une prise magnifique, ma foi, ajouta
Henri; rentrons vite, vite; Marianne ne pourrait l'apprêter pour ce soir, et demain il ne serait plus assez frais, car il sent déjà.

— Faudra-t-il le mettre au bleu, ou en friture
ou au naturel? demanda Léon.

— Bah! bah! vous êtes de mauvais plaisants
l'un et l'autre, répliqua Amédée en se grattant
l'oreille. D'abord, la pêche, ça m'ennuie, j'ai la
mâchoire à moitié démontée à force d'avoir
bâillé; je n'en veux plus.

Et remontant avec ses camarades, il alla se

mettre à califourchon sur un arbre débranché,
vis-à-vis les filets tendus par Louis, et se mit à
siffler des airs de serinette pour attirer le gi-
bier, ou plutôt pour faire quelque chose.

Une alouette qui avait longtemps tournoyé au
soleil, une petite linotte bien étourdie, ne tardèrent pas à s'engager dans les filets. Léon
avait pris le grand bombyx, Henri était chargé
d'un énorme bouquet de nimphæa, de convol-
volus, de gui, de bourrache, de chiendent, de
gustiane; la chaleur devenait étouffante; Amédée, toujours à califourchon sur son arbre, était
rouge comme un coquelicot.

— Savez-vous que' je vais être rôti tout à
l'heure, que je suis plus enroué qu'un marchand
de coco, et que je vais mourir sur place si nous
n'allons nous mettre à l'ombre? dit Amédée en
sautant à bas de son arbre.

— Et puis, vous devez avoir faim, dit Louis;
allons déjeuner.

Les papillons étendus sur le linge, les fleurs
mises en presse, les oiseaux encagés, nos camarades allèrent s'asseoir dans un espace rond
bien couvert : le cabas fut apporté, les provi-
sions déposées avec symétrie sur l'herbe fine et

touffue, et le tout fut attaqué si vigoureusement
que bientôt il n'en resta plus de traces.

— Ah! ça, dit Louis, en se laissant aller sur
le gazon, que faisons-nous de nos oiseaux?

— Pour moi, je suis d'avis de les plumer, de
les mettre à la broche, entre deux bandes de
lard, et nous nous lécherons les doigts après.

— Oh! ce serait dommage, fit observer Léon;
ils sont si jolis!

— Belle raison, ma foi! nous les aurions
passés dans une branche d'arbre, nous aurions
allumé du feu, j'aurais soigné cela... comme
Robinson dans son île, et nous aurions eu un
fameux rôti!

— J'aimerais mieux les donner à maman pour
les mettre avec ses serins, dit Louis.

— Ah bah! je te conseille de leur donner la
clef des champs, reprit Henri; ils se battraient
avec les serins; rôtis, nous n'en aurions pas
une bouchée chacun; et puis, écoutez comme
ils chantent : on dirait qu'ils vous demandent
leur grâce.

Ça me fait souvenir du roi de neige que nous
avions fait cet hiver, et qui, ma foi, a sauvé
la vie et la liberté à une douzaine de pierrots.

— Bah! un roi de neige? comment ça? de-

manda Léon. — Je vais vous le dire, répliqua
Henri. — Et pendant ce temps-là, ajouta Amédée
en s'étendant tout de son long, comme je n'aime
pas les histoires, je me régalerai d'un petit
somme. — Dors donc, paresseux; moi je vais
vous dire ce qui en est, continua Henri. Et il
commença.

———————

V

LE ROI DE NEIGE ET LES PETITS OISEAUX.

Vous savez comme il a fait froid l'hiver dernier; il y avait des tas de neige dans la cour du
collége, on en avait par-dessus les chevilles;
nous avions un froid de chien dans la cour et
au dortoir; l'eau gelait dans nos cuvettes, nous
ne savions comment tenir nos plumes, et j'ai
été jusqu'à me laisser dire que j'avais le nez et
le menton gelés. Un matin, il faisait soleil, on
nous lâche dans la cour; nous étions tous à
nous ennuyer, battant la semelle, et nous déme-

nant comme des enragés, ne sachant que faire,
tant nous avions froid. Voilà qu'Adolphe se mit
à dire : Faut que nous soyons fameusement
jocrisses de rester là à nous regarder comme
des nigauds, pour voir à qui aura le nez le plus
rouge ! il faut faire une partie de neige.

— J'en suis ! j'en suis ! s'écrièrent quelques-
uns de nous.

Et nous voilà à pétrir la neige, à l'assembler
en tas, à la rouler, la tailler, et au bout du
compte nous en tirons un roi de neige, mais
superbe ; il avait l'air d'un Jupiter, sur son bloc
tout blanc, ou plutôt d'un roi de pique, comme
disait Anatole. L'embarrassant, c'étaient les ac-
cessoires de sa toilette. Adolphe, Anatole et moi,
nous sommes les élus chippeurs, et nous allons
battre la campagne, chacun de notre côté, pour
notre monarque glacé. Anatole va dans la salle
d'études, tout justement il y trouve M. Godeau,
le professeur de dessein, qui corrigeait une tête
d'Hercule, et qui avait tellement le nez près de
son crayon et de son papier qu'il ne se sentit
pas enlever sa perruque.

Adolphe, sous prétexte de demander son mouchoir de rechange, parce qu'il était enrhumé
du cerveau, monte chez madame Marret, la lin-

gère; il lui fait trente-six singeries, la cajole, et, pendant qu'elle ôte ses papillotes, lui enlève son pot de fard et un fromage de Hollande tout entier.

Pendant ce temps-là, j'avais été chipper des pruneaux à l'office, décrocher la garniture de la lampe du vestibule, empoigner la baguette du tableau, et tous trois nous nous retrouvons près du roi de neige. Nous démêlons la queue à trois marteaux de notre perruque, et nous la plaçons sur la tête de notre Jupiter; dans l'une de ses mains, nous mettons le fromage de Hollande (c'était le globe censé); dans l'autre, la baguette en guise de sceptre; un charbon lui fournit des sourcils, des moustaches, et deux pruneaux enfoncés lui font une paire d'yeux noirs bien furibonds; puis, avec le fard, nous colorons légèrement ses mains, son cou, sa figure, et nous vidons le pot sur ses joues et ses lèvres. Le cercle de la lampe, posé sur la perruque, en magnifique diadème, achève sa toilette. — Ah! c'est que c'était un roi de neige soigné; nous en étions tout fiers, et nous ne songions plus à grelotter. Voilà qu'un petit garçon arrive dans la cour avec sa cage pleine de pierrots, et il les faisait danser là-dedans, sapristie! si ça avait été aussi bien des œufs, l'omelette aurait été joliment battue.

— Qui veut des moineaux? qui veut des moineaux? A deux sous la pièce les moineaux! criait le gamin.

— Arrive, que nous voyons ça, lui dit Anatole. L'autre approche sa cage; c'était une pitié de voir comme ces pauvres bêtes étaient arrangées là-dedans.

Nous les achetons tous; et le gamin s'en retourne bien content, en nous laissant sa cage par dessus le marché.

Nous les sortons pour les voir. Paf! voilà-t-il pas que les moineaux nous échappent, et vont se nicher justement sur la tête, les épaules, les bras de notre Jupiter; et nous avions beau tourner, retourner autour, ils ne se laissaient pas prendre, les enragés malins! Tantôt ils s'abattaient sur le fromage de Hollande ou bien au bout du sceptre. Malgré notre promenade autour du monarque, ils ne s'effrayaient pas, et ne faisaient que voltiger de sa tête à son spectre, et de celui-ci à la boule qui représentait le monde.

Adolphe, qui aime à faire son pédent parfois, nous contait un tas de bêtises là-dessus. Il

disait que c'étaient les Ganimèdes de notre Jupiter, qu'il ne fallait pas y toucher; que ces oiseaux s'étaient placés sous la protection du maître de la foudre, de peur que le dieu ne nous
jetât son fromage de Hollande à la tête. Et
comme nous avions pitié des pauvres pierrots,
nous leur donnâmes la clef des champs. M. Féron
se promenait par-ci par-là, regardant du coin
de l'œil ce que nous allions faire; il fut très
content que nous eussions donné la liberté aux
petits oiseaux ; il était à nous complimenter sur
notre bon cœur, lorsque voilà M. Godeau qui
arrive, la tête enfoncée dans son bonnet de soie
noire, criant après sa perruque ; et, comme
il avait ses lunettes, il la reconnut du perron
sur les épaules du maître du tonnerre. Jugez de
sa fureur.

— Messieurs, disait-il, c'est indigne, ça n'a
pas de nom... ma perruque ! du moins, les polissons, s'ils n'avaient pas défait la queue, une
queue à trois marteaux ! Où est mon ruban, un
ruban chocolat, messieurs ! qui faisait rosette;
ah ! qui me refusera ma queue à trois marteaux
et ma rosette !

Comme il se lamentait et nous menaçait, arrive d'un autre côté madame Marret, la lingère,

qui voulait entamer son fromage de Hollande, et qui n'avait plus trouvé son pot de fard ; elle vit son pot vide.

— Ah! les garnements ! a-t-on jamais vu une chose semblable, M. Féron? ces messieurs sont d'une licence !... c'est épouvantable ! du vrai carmin, M. Féron, que j'avais acheté par hasard, l'autre jour, pour un de mes amis : et mon fromage!... mangez donc cela, à présent que ces messieurs l'ont tripoté !....... Monsieur, Monsieur, il faut punir sévèrement ces jeunes gens, sans ça les employés de l'établissement se trouveront exposés à des événements désagréables tous les jours.

— Je punirais volontiers; mais j'ai été content de ces messieurs tout à l'heure; je voulais les récompenser pour la pitié qu'ils ont montrée à de pauvres oiseaux : ils n'auront ni châtiment ni récompense ; il y aura compensation. Là-dessus on parla des oiseaux ; monsieur Godeau, à moitié apaisé, se dérida tout à fait lorsque la gracieuse madame Marret lui proposa de rajuster sa perruque, et de faire une rosette avec un ruban puce dont l'effet serait préférable au ruban chocolat. Elle emporta son fromage, jeta un dernier regard sur son fard qui tapissait les joues du roi de neige, et comme la rentrée sonna en ce moment, nous reprîmes le chemin de nos classes.

— Je vais en faire autant que vous, dit Louis en ouvrant la porte de la cage; et il mit en liberté les trois petits oiseaux, qui, par reconnaissance, allèrent se placer sur un rameau voisin, et de là les régalèrent d'un charmant trio.

VI

LES SAUVAGES, LES ENFANTS ET LE BUCHERON.

Eh bien ! que nous apportez-vous pour le dîner, messieurs? dit Marianne en ouvrant la grille aux petits promeneurs qui s'en revenaient tout enchantés de leur journée.

— Ma foi, pas grand'chose, répliqua Louis : Amédée a pêché un chat mort, j'ai attrapé trois petits oiseaux que nous avons lâchés; seulement, si quelqu'un est malade, Henri a ramassé assez de chiendent pour lui faire de la tisane.

— Monsieur a donc bien fait d'aller à la chasse aujourd'hui, et de nous rapporter trois beaux faisans; si l'on avait compté sur vous, on aurait bien pu dîner par cœur.

— Des faisans! Marianne, oh! tu nous donneras les plumes, nous nous déguiserons en sauvages.

— Dame! j'm'y oppose pas, moi, pourvu que vous alliez faire vot' gâchis aut' part que dans ma cuisine.

Après le dîner, madame Valéal, à la prière de son fils, attacha donc les plumes des faisans après deux petites jaquettes, en garnit deux rubans, et, cela fait, Louis et Amédée allèrent s'enfermer dans un cabinet pour procéder à leur toilette d'Iroquois.

Peu de temps après ils reparurent, les cheveux relevés en toupet sur la tête, la figure rougie avec de la craie, le front, les joues, les bras bizarrement tatoués avec du bouchon brûlé, leurs têtes couronnées de diadèmes de plumes, les petites jaquettes attachées autour de leur ceinture, deux gourdins à la main en guise de massue, les poignets, le cou, les chevilles enlacés de baies de cormier enfilées.

Après avoir fait mille gambades, grimaces et autres choses de ce genre, au grand plaisir de Léon et d'Henri, les deux petits fous s'élancèrent en courant dans la forêt, et ne s'arrêtèrent qu'auprès d'un bûcheron occupé à abattre les arbres déjà vieux, afin de faire place aux jeunes plants qui demandaient plus d'espace.

Le bonhomme les regardait tout ébahi, en examinant leur singulier accoutrement, lorsque M. Valéal survint en toute hâte, accompagné de Léon et d'Henri. Il avait été envoyé par madame Valéal, fort inquiète des suites qui pouvaient résulter de l'étourderie des deux sauvages, qui couraient risque de gagner une fluxion de poitrine en sautillant ainsi, à demi vêtus, par la rosée qui commençait à tomber.

Comme ils revenaient, Louis demanda à son père pourquoi les bûcherons coupaient les arbres, détruisant ainsi la principale beauté des campagnes.

— Si tu avais un peu réfléchi, répondit M. Valéal, tu ne me ferais pas cette demande, mon pauvre Louis. Où prendrions-nous les charpentes qui supportent nos demeures, les bois qui servent à nous chauffer, qui se transforment en meubles, en mâts? où aurions-nous bâti nos maisons, placé nos moissons? Le bûcheron qui travaille dans une forêt indique suffisamment un pays civilisé; s'il manquait dans nos contrées, nous serions aussi barbares que ces sauvages qu'il vous a pris fantaisie d'imiter. La nature est belle, mes enfants; mais la civilisation, l'industrie, ont quelque chose de plus beau encore, parce qu'elles décèlent le plus magnifique don que Dieu ait donné à sa créature en lui dispensant l'intelligence, qui lui fait créer pour lui-même tout ce que la nature offre à ses besoins et à ses plaisirs, comme vous voyez le statuaire tailler le bloc de marbre jusqu'à ce qu'il en ait fait surgir la statue.

Ils arrivaient alors devant la maison; Louis commençait à tousser : sa mère craignant les suites de cette sortie imprudente, fit coucher les deux sauvages dans des lits bien bassinés, leur fit boire à chacun un bol de lait chaud, bien sucré; et ainsi se termina la journée pour nos petits collégiens.

VII

LE PAUVRE HOMME.

Les huit jours de congé s'étaient écoulés aussi joyeusement que celui dont je vous ai parlé. Le lendemain, à six heures, la carriole qui avait conduit nos amis devait les ramener à Paris : les petits Derbain au collége Charlemagne; Louis et Léon dans leur pensionnat, rue de Clichy. On venait de sortir de table : après avoir soupiré, s'être gratté l'oreille et le front, et avoir été souffler sur les carreaux et y dessiner un Mayeux avec le bout de ses doigts, Louis se mit à câliner sa mère.

— Dis donc, maman, c'est demain que nous partons, dit-il en manière d'introduction.

— Eh bien! n'avez-vous pas eu huit jours de congé; après les jeux, le travail, mes enfants.

—Oui; mais pour notre dernier soir, tu devrais nous permettre quelque chose.

— Voyons, que voulez-vous?

— Alors, bonne petite maman, laisse-nous faire un beau feu d'artifice, là, sur la pelouse, et je travaillerai bien, oh! mais joliment bien; tu verras...

— J'y consentirais volontiers; mais vous pouvez vous faire grand mal avec tous vos pétards; c'est fort dangereux.

— Oh! non, maman, non, dit Louis en joignant les mains; si tu veux, Simon nous les fera partir.

— A cette condition, j'y consens. Et madame de Valéal prit trois francs dans son sac et les donna à Louis, lui permettant d'aller, avec ses camarades, acheter des fusées, des soleils, des chandelles romaines, etc.; et lui recommanda de ne pas s'arrêter en route, car le jour finissait, et pour faire l'acquisition désirée il fallait aller jusqu'au village.

Les enfants s'éloignèrent donc en courant, gagèrent un sucre d'orge à celui qui serait le plus tôt arrivé à la porte du parc; puis, comme la brume arrivait, ils se rapprochèrent, se prirent sous le bras, et marchèrent posément en s'entretenant entre eux.

— Savez-vous qu'il fait déjà bien nuit, dit

Louis en plongeant ses regards dans une allée couverte et serrant le bras d'Amédée; je ne voudrais pas aller me fourrer là-dedans à cette heure-ci.

— Bah! est-ce que tu aurais peur, par hasard? répondit Amédée en renfonçant sa casquette dans ses yeux en se donnant un air déterminé.

— Non; mais c'est si désert, c'est si noir, ça vous fait un drôle d'effet.

— Ah! mon Dieu! continua Louis en pâlissant, entendez-vous?

— C'est vrai, tout de même, il y a quelqu'un qui se plaint là-bas.

— Allons à la découverte, dit Amédée; allons, en avant, marche!

— C'est peut-être un voleur, observa Louis; et ses dents claquaient déjà comme une paire de castagnettes.

— Dites donc, ce pauvre Louis est-il capon! Je suis persuadé que c'est quelqu'un qui est malade, ou qui s'est blessé en tombant.

Louis n'osa plus rien dire, et suivit ses camarades qui s'enfonçaient dans la sombre allée. Ils ne tardèrent pas à apercevoir une masse

noire roulée dans un fossé, et d'où venaient en
effet des gémissements sourds et plaintifs.

— Allons-nous-en, dit Louis, suant à grosses
gouttes, Simon reviendra avec nous.

Amédée était déjà sur le bord du fossé.

— Holà! cria-t-il, qui est là? qu'avez-vous?

Un gémissement plus prolongé fut la seule
réponse. Louis se recommandait à tous les saints
du paradis; Amédée commença à se gratter l'oreille
et à regarder autour de lui.

— C'est cocasse, ça, tout de même, fit-il à
demi-voix; puis il ajouta plus haut. Répondez
donc, que diable! avez-vous besoin de quelque
chose? pourquoi restez-vous couché là? il est
déjà tard.

— Laissez-moi, je suis un malheureux, pro-
nonça enfin une voix rude et sourde qui répan-
dit un frisson convulsif dans les membres du
pauvre Louis, qui voyait déjà tout tourner autour
de lui. Léon s'avança à son tour.

— Si vous avez besoin de secours, parlez, nous
irons vous en chercher; peut-être avez-vous
faim; peut-être souffrez-vous? dites : il y a des
personnes charitables dans le voisinage, elles
s'empresseront de vous secourir.

La masse noire s'agita; Louis se croyait déjà

perdu ; enfin il se rassura un peu, en voyant un homme s'asseoir sur le bord du fossé, sans apparence d'hostilité.

— Personne n'a eu pitié du malheureux ! dit-il en regardant Léon ; encore si ce n'était que moi ! mais j'ai des enfants ; mes pauvres enfants, ma pauvre femme, que vont-ils devenir sans moi !

— Pourquoi les avoir laissés ? observa Léon ; pourquoi rester à cette heure dans cette allée écartée ?

— Ah ! pourquoi ? Je suis un pauvre journalier qui me suis blessé, il y a trois mois ; il m'est resté une douleur dans le bras et une faiblesse dans les jambes qui m'ont rendu plus lent au travail : personne n'a plus voulu m'employer, nous sommes tombés dans la plus affreuse misère ; voilà deux jours que ma famille n'a pas mangé un seul morceau de pain ; mes enfants mouraient de faim. Je n'ai pu tenir à cet horrible dénûment, je suis sorti, j'ai été demander l'aumône de porte en porte ; partout, en me voyant fort en apparence, on m'a dit : Travaillez, on ne m'a rien donné. Désespéré, je me suis couché dans ce fossé, résolu d'y at-

tendre la mort, n'osant plus retourner vers ma
malheureuse famille.

— Allez les retrouver bien vite, dit Louis,
en s'approchant tout-à-fait; voici trois francs,
demain, venez chez madame Valéal, à la grande
pelouse; là vous serez secouru. Puis, se tournant vers ses camarades, le bon enfant leur dit :
Ma foi, Messsieurs, le feu d'artifice sera pour
une autre fois.

— Ah! de grand cœur, répondirent les trois
amis. — Dieu vous bénisse, dit le pauvre homme
en se levant, vous aurez sauvé la vie à quatre
infortunés; ce soir,....

— Allons, Messieurs, me voilà prêt à vous
servir d'artificier. dit Simon, en voyant arriver
nos petits collégiens qui s'en retournaient le
cœur aussi léger que les poches. Où sont vos
fusées?

— Ah! ma foi, répliqua Louis, elles sont chez
le marchand; il était trop tard, nous n'avons pu
aller jusqu'au village.

— Et où avez-vous passé tout ce temps? demanda madame Valéal en s'approchant. Elle vit
les petits garçons un peu embarrassés; elle les
pressa de questions, et ne tarda pas à savoir la
vérité. Elle embrassa son Louis bien tendrement:

une larme tomba de ses yeux sur le front de l'enfant; elle loua le courage d'Amédée, la circonspection de Léon, et leur dit :

— Ceci ne restera pas sans récompense, mes enfants; nous voici bientôt aux vacances, vous serez réunis de nouveau, et vous aurez des preuves qu'une bonne action, un sacrifice, si léger qu'il soit, amène toujours un plus grand contentement que celui dont nous nous étions volontairement privés.

————

VIII

LA MARCHANDE DE GATEAUX DE NANTERRE ET DE CHAUSSONS AUX POMMES.

Les concours approchaient, les congés devenaient rares; Louis et Léon, rentrés depuis quelques jours, ne songeaient qu'à leurs compositions. Il n'en était pas de même de tous les écoliers : beaucoup, et entre autres notre ancienne connaissance, le bon sujet M. Adrien,

se plaignaient vivement de l'interruption des
promenades. Enfin, un jeudi soir, par un beau
soleil couchant qui jetait ses rayons pourpres à
travers la feuillée menue des peupliers de la
cour, M. Sennerre accorda le reste de la soirée
à une promenade. Ce soir-là justement M. Adrien
faisait assez piteuse mine, disant qu'il avait
une faim canine, et se donnait à tous les dia-
bles. M. Adrien se permettait des expressions
fort peu convenables. *Cette maudite pension,*
disait-il, *où l'on vous flanque de la vache enra-
gée à tous les dîners, de la salade pleine de vers,
des légumes à moitié rongés, de la soupe en caillou
quand la quitterai-je donc?* Et chaque jeudi
soir, au souper, s'il vous en souvient, inva ia-
blement composé d'un plat de lentilles et d'une
soi-disant compote de pruneaux, il recommen-
çait sa kirielle. Ce jour-là, par surcroît d'in-
fortune, les lentilles avaient été remplacées par
un plat de macaroni au fromage, exécration
première du pauvre Adrien. A cet aspect hi-
deux, non-seulement l'infortuné trépigna, retourna son assiette, mais encore toussa et éter-
nua, se boucha le nez, eut des vapeurs, pour
ainsi dire, tant son odorat était d'une suscep-
tibilité sans égale. Aussi était-il arrivé au mi-

lieu de la cour dans un état d'exaspération qui
no connaissait plus de bornes.

— C'est infâme, disait-il, c'est bête, ça n'a
pas de nom! du macaroni et des pruneaux! plus
souvent que je resterai dans cette baraque de
pension; du macaroni... pouah! ce gruyère, ça
empeste, ça tourne le cœur, et des pruneaux
après, est-ce dégoûtant! pour vous rendre
malade; on est toujours en voyage. Les matins!
c'est pour nous mettre à la diète, à la tisane...
sans sirop, bien entendu. Du macaroni et des
pruneaux! Epicier, va! attends, attends que
j'y goûte : mais gare le raisiné de l'office, et
les œufs du poulailler, et les pigeons, et le
beurre!...

Et obéissant à cette maligne inspiration, il
avait couru au poulailler, où il ne trouva qu'un
œuf qu'il empocha sans scrupule, le méchant
garçon! puis il alla rôder autour de l'office,
mais la porte en était fermée à double tour.
Comme il regardait par le trou de la serrure,
le cuisinier le surprit; alors il se rangea contre
la muraille, et cette action fut tellement heur-
tée que l'œuf, l'œuf unique, s'écrasa dans la
poche de son pantalon gris-perle à petits car-

reaux, et la tachette l'englua d'une manière
désespérante.

— Avec tout ça, c'est que je meurs de faim,
disait-il en revenant dans la cour, grinçant les
dents, se rongeant les poings ; et, pour passer sa
colère sur quelqu'un ou quelque chose, il marcha sur la queue de Fidèle, innocent caniche
qui rongeait un os dans le milieu de la cour ;
puis d'un coup de pied fit dégringoler du perron
le chat favori de madame Sennerre, voluptueu-
sement enfoncé dans une corbeille pleine d'éche-
vaux de laine. Et il riait en voyant le tout s'en
aller roulant dans le perron à la grâce de Dieu,
lorsqu'on annonça la promenade aux Champs-
Elysées.

— Tant mieux, ma foi, s'écria Adrien, en
descendant l'escalier en trois sauts ; je pourrai
acheter du pain d'épices, je boirai du coco ; ça
me refera un peu, toujours. Avec leur macaroni
et leurs pruneaux... drogue, va.

Un quart d'heure après, les écoliers rompaient
leurs rangs dans la grande allée des Champs-
Elysées. Adrien était radieux ; c'est qu'il avait
eu, pendant le trajet, une idée lumineuse, su-
blime, resplendissante. Moins riche que le Juif
errant, n'ayant que trois sous dans sa poche,

Adrien avait d'abord mesuré par la pensée l'é-
paisseur, la longueur, la consistance des cro-
quets, croquants, girafes, Mayeux, bonshommes,
cœurs de pain d'épices, macarons à tirer à la
rouge et à la noire; mais le tout comparé avec
sa bourse, puis avec son appétit, lui avait sem-
blé de bien chétive consistance. Tout-à-coup il
tressaillit devant une inspiration soudaine, et se
frappa le front.

— Un chausson aux pommes! dit-il tout-
haut.

Il n'avait pas encore goûté de chausson aux
pommes, voyez-vous, peut-être par un effet de
la fatalité qui aime à cumuler les désastres, et il
marchait d'un bon pas avec Oscar, Anglais venu
depuis peu au pensionnat, vers l'échoppe bran-
lante d'une marchande de gâteaux de Nanterre,
de pain d'épices, de chaussons, etc., et il allait
se leurrant d'espoir, se léchant les lèvres, à ce
chausson idéal qu'il se figurait plus délicat qu'une
tartelette à la façon de Félix.

— Oscar, as-tu quelquefois goûté des chaussons? demandait-il à l'insulaire, tant il était
plein de son idée.

— Oh! oui... en Angleterre je servais moi
de cela, parce que je avais beaucoup, beau-

coup de cors; mais je n'en porterai plus maintenant.

— Ah! est-il godiche, le goddem! ce n'est pas
un chausson pour mettre en pantoufle, c'est un
chausson qu'on mange, Englishman; un gâteau
reployé, plein de bonnes compotes de pommes,
gros comme mes deux poings; et ça ne coûte
qu'un sou, cinq centimes, et c'est fièrement bon;
puis un sou, rien qu'un sou!

— Cela n'être pas fort cher, reprit l'Anglais
toujours impassible.

— Mais c'est pour rien, mon cher; et d'un
élan Adrien se trouva devant l'étalage de la
marchande.

— Avez-vous des chaussons, Madame? La marchande sourit d'un sourire infernal.

— Oui, mon petit chéri.

— Sont-ils tendres?

— Tâtez-moi ça, mon cœur, et vous m'en
direz des nouvelles; y sortent du four, y sont
tièdes, quoi!

— Donnez-m'en deux, dit Adrien, choisis-
sant de l'œil et passant la main dans ses cheveux, séparés à la Périnet le Clerc, bercé d'un
espoir toujours enivrant depuis qu'il avait re-
connu au toucher cette chaleur défaillante, ou-

bliant, l'infortuné, que c'était au soleil brûlant,
au soleil de juillet, que le comestible devait
cette décevante tiédeur; et peu après il s'en allait sautillant, ses chaussons dans les mains;
puis, comme il mourait de soif, avant de donner le premier coup de dent, il fit signe à un
marchand de coco, qui allait faisant clocheter
sa fontaine et ses timbales, avala deux grands
verres de tisane, donna son dernier sou, et
fut s'asseoir sur un banc de pierre pour sa-
vourer plus posément, plus suavement, les
mystérieux chaussons. Il les porta à sa bouche,
et tout d'abord se trouva arrêté par une pâte
dure plus que croquante. Ouais, dit-il, c'est
drôle; puis il enfonça plus avant : ses dents se
rejoignirent.

— Horreur! s'écria-t-il, horreur! et il se leva,
les cheveux hérissés, cracha ce qu'il avait dans
la bouche.

Illusion des illusions! amère déception! ce
chausson, savez-vous, pouvez-vous imaginer ce
qui comblait ces deux couches de pâte risso-
lées, durcies au soleil et à la poussière; savez-
vous?

C'étaient des haricots et des pommes de terre,
le tout artistement mélangé...

4

— Des haricots, des pommes de terre : c'est
donc un sort ! s'écria Adrien désespéré; et les
chaussons roulèrent au loin dans un tas de
poussière.

— Cela être bien mauvais, ton chausson, dit
le flegmatique Oscar; et il se consolait en
mordant de tout cœur dans un gâteau de Nanterre.

— Ceci être beaucoup meilleur, continua-t-il;
va donc, la marchande s'en va.

Adrien releva la tête, saisi d'une idée soudaine.

— La même, demanda-t-il, la femme aux
chaussons?

— Oui, elle-même, je pense; tiens, la voilà.

Elle s'avançait, en effet, sa marchandise ras-
semblée dans deux paniers qu'elle tenait au
bras.

Adrien, furibond, fit voler du pied, avec des
flots de poussière, les deux chaussons qui gisaient
à terre.

— Tenez, les voilà, vos chaussons, trompeuse!
s'écria-t-il; rendez-moi mon argent.

— Plaît-il, mon chérubin, que voulez-vous?
clama d'une voix aigre la marchande de gâteaux.

— Qu'est-ce que je veux! est-ce que je vou-lais acheter un chausson aux haricots, vieille horreur! rends-moi mon argent, ou des gâteaux de Nanterre.

— Qu'est-ce qu'il a donc, le petit? demanda la marchande infernale à Oscar; et elle s'éloigna en roucoulant :

« Gâteaux de Nanterre! gâteaux de Nanterre.»

— C'est pas trop fort, dit Adrien; et il courut après la marchande, lui prit l'anse de son pa-nier.

— Oh ça! voulez-vous me rendre mon ar-gent, vieille sorcière, ou je me le rendrai en espèces? Et il se saisit d'un gros morceau de pain d'épices. La marchande ne répondit pas.

— Attrape, petit, dit-elle en lui appliquant un soufflet retentissant. Et, arrachant le mor-ceau de pain d'épices de ses mains, elle s'é-loigna.

Adrien était resté muet d'horreur, de colère, la joue brûlante.

— M. Adrien, à quoi pensez-vous donc? je vous appelle depuis un quart d'heure pour par-tir; vous serez en retenue demain.

Il écumait, Adrien; il menaça du poing la marchande, qui roucoulait toujours ses gâteaux de Nanterre, et s'en alla, entraîné par le maître.

— Oh! je la lui garde bonne, disait-il, furieux, en rentrant; mais c'est que je meurs de faim, observait-il en se couchant.

— Je le crois bien, dit Léon, dont le lit touchait à celui du pauvre affamé, tu as si mal soupé ce soir; mais j'ai un pot de confitures dans ma barraque· voilà un morceau de pain tendre que Clément m'a donné : tiens, restaure-toi un peu.

Adrien se sentit humilié; puis, touché de la bonté de Léon, contre lequel il se déclarait toujours, il le remercia avec effusion, il eut comme un reproche de sa conduite passée, et forma quelques projets de réforme pour l'avenir.

Léon, lui, s'endormit calme, satisfait, rêve de sa mère et de la distribution des prix.

IX

LA MOISSON.

« Mon Dieu, cela se trouve bien mal, mon pauvre Léon, vous allez manquer la composition; votre père ne peut être dangereusement malade : si vous attendiez seulement jusqu'à demain.

— Oh! non, Monsieur, je veux partir tout de suite; cette composition manquée me cause les plus grands regrets; mais mon père avant tout. Léon essuya une larme qui roulait sur sa joue, serra la main du maître, et partit avec le domestique.

Ce jour-là on fit la composition; chacun remarqua avec surprise qu'Adrien ne laissait pas éclater cette joie jalouse, cette mauvaise joie de rivalité entre les écoliers qui lui était si ordinaire; il travailla à sa composition sans dire un seul mot, sans lever la tête, avec une vivacité extraordinaire. Lorsque le sous-maître, à l'heure

donnée pour la clôture du temps accordé, fit
le tour des tables pour recueillir les compositions, il n'avait pas encore fini tout-à-fait; il
le pria de continuer sa tournée; et en effet,
lorsque le maître arriva à l'autre bout de la
table, il alla glisser dans le paquet deux feuilles de papier repliées; personne ne s'en aperçut
du reste.

Léon ne revint pas le soir, le lendemain non
plus; le surlendemain son absence se prolon-
geait encore.

— Messieurs, à demain la composition d'histoire; préparez-vous ce matin; cet après-midi
vous est accordé pour une promenade, dit le
maître.

— Ce pauvre Léon! soupira Louis de sa place.
Et l'on répéta à mi-voix dans les rangs :

— Ce pauvre Léon! c'est là son fort.

— Il viendra peut-être ce soir. Oh! mais il
n'aura pas le temps de se préparer... Telles
étaient les paroles qui circulaient à voix basse.

La classe du matin fut donc accordée aux
préparations; puis, la cloche du dîner s'étant
fait entendre, les écoliers se rendirent au réfectoire. — Je ne mangerai pas, Monsieur, je me
sens malade, dit Adrien, je vous demanderai

d'aller me coucher... Allez, répondit le maître;
puis il jeta un regard soupçonneux, et ajouta
en lui-même : Oh! non, toutes les histoires
sont serrées, les classes fermées, il ne pourrait
avoir recours à aucun livre, à aucun cahier, si
l'envie lui en prenait.

Vous voyez qu'on n'avait pas grande confiance
en M. Adrien, car le sujet de la composition
avait été donné.

Peu après les élèves partirent, défilant deux
à deux, et ne tardèrent pas à arriver dans la
campagne. Rien n'était plus joyeux et plus animé
que l'endroit où ils se rendirent. Ce jour-là
avait été désigné pour la moisson. De tous côtés
on n'entendait que les chants joyeux, les bruyantes acclamations des villageois. Çà et là, parmi
les blés qui s'amoncelaient en meules, qui rou-
laient sous la faucille, on voyait errer des chapeaux de paille couronnés de bluets, de pavots,
des blouses bleues, des jupons rouges, de riants
visages de jeunes filles, des figures joviales et
rebondies de paysans. Les écoliers se mêlèrent
aux moissonneurs, et se firent un plaisir de se
prêter à leurs travaux autant qu'ils le purent :
ainsi les uns portaient les gerbes à la meule,
les autres tiraient les épis, le tout maladroite-

ment d'abord, puis un peu mieux, puis bien.
Le soleil commençait à s'élever, la fermière qui
présidait à la récolte de son champ le remarqua,
et engagea les moissonneurs à aller prendre leur
repas à l'ombre de quelques arbres; puis elle fit
aux écoliers l'offre toute gracieuse de boire du
lait chaud, et d'aller glaner dans ses groseil-
lers, qu'on n'avait pas entièrement dépouillés,
en les remerciant de l'aide qu'ils avaient appor-
tée; et l'offre fut acceptée de grand cœur, le
lait trouvé délicieux, et les groseilles de même.
Enfin l'heure du retour sonna; on fit de grands
adieux à la fermière et aux petits moissonneurs,
et bientôt on se retrouva devant la porte du pensionnat.

— Ah! voici Léon, s'écria Louis en apercevant son ami qui, montant la rue de Clichy, ne
tarda pas à les joindre. — Te voilà, Léon, tu ar-
rives pour la composition d'histoire : ah! tant
mieux; c'est ce soir.

— Ce soir la composition d'histoire, dis-tu?
Mon Dieu, moi qui ne l'ai pas revue, qui ne suis
pas préparé!

Adrien descendit et se leva pour venir com-
poser; il fut un peu plus distrait que la veille,
et sa composition se trouva la première ache-

vée. Léon, lui, était tout chagrin, il se frappait
le front, mais ne se souvenait pas. Enfin, un
coup de sonnette annonça le relevé des cahiers :
le canif de Léon tomba par terre ; pendant que
celui-ci se baissait pour le ramasser, Adrien,
placé à ses côtés, prit lestement la composition de Léon, repliée dans une page blanche
sur son pupitre, et substitua un autre papier
de même forme, mais contenant plus de feuilles ; lorsque Léon releva la tête, le maître était
à ses côtés.

— Votre composition, Léon.

— La voici, Monsieur, je n'ai plus qu'à écrire
mon nom. Il l'écrivit sur la couverture, puis re-
mit le cahier au maître en soupirant.

A quelques jours de là, c'était la distribution
des prix : je n'essaierai pas de décrire les espé-
rances, les craintes, la grande salle encombrée
de parents, les élèves rangés sur les gradins, les
couronnes, la musique alternant l'appel solen-
nel des heureux écoliers, des bons travailleurs
de l'année. Les premiers prix annuels avaient
été partagés entre Léon et Adrien ; mais toutes
les angoisses de l'attente se réveillèrent lorsqu'on commença à proclamer les prix de composition. Lorsqu'on en vint au prix de version,

Léon baissa la tête. Quel fut son étonnement de
s'entendre appeler! il crut qu'on s'était trompé;
mais on répéta son nom de nouveau, et il n'é-
tait pas encore revenu à sa place que le prix
d'histoire lui était décerné. En levant les yeux,
il aperçut Adrien radieux; cela lui fit tout de-
viner :

« Ce pauvre Adrien, pensait-il : je ne puis
» pas laisser passer cela. » La distribution ter-
minée, il le chercha, mais il était déjà parti.

X

LES VENDANGES.

Enfin les vacances étant venues, les vacances,
repos de l'écolier, joie de l'écolier, espoir de
l'écolier, parole qui frappe à tout instant les
murs du pensionnat, époque resplendissante,
annoncée trois mois à l'avance par les chansons
un peu burlesques des collégiens.

Eh! gai, gai, gai, mon officier,
C'est bientôt les vacances;
Eh! gai, gai, gai, mon officier,
Bientôt je partirai, etc.

Nos petits amis, qui s'étaient séparés à Maisons, se trouvaient réunis de nouveau. Cette fois ce fut chez le père de Léon, à Marly, que Louis et les petits Derbain vinrent se réjouir, s'ébattre pour leur temps de joie et de liberté : la pêche, la chasse, les courses lointaines, les dîners aux châtaigniers, dans le parc, tout avait été épuisé. Un matin, ils se réveillèrent au son mat du tambour, mêlé à la mélodie glapissante de la flûte; Léon arriva tout essoufflé dans leur chambre.

— Allons, debout, paresseux! nous allons vendanger aujourd'hui; n'entendez-vous pas l'appel? Tenez, voici trois blouses qu'il vous faut endosser; nous avons des paniers en bas; allons vite, les vendangeurs partiraient sans nous.

La toilette se fit bientôt, ainsi que vous le pouvez penser, et une heure après nos collégiens entraient dans la vigne, au milieu des chants joyeux, des éclats de rire, des gronderies, des mères qui essuyaient les fronts baignés de sueur des petits fous. La vendange commença : les uns cueillaient le raisin, mais en mangeaient encore plus; toujours la grappe se trouvait trop belle, il était dommage de la jeter au pressoir; Louis

surtout ne faisait qu'égrainer, si bien qu'on
chargea ses épaules d'une hotte, afin de le déli-
vrer d'un scrupule qui aurait fini par lui donner
une indigestion, et on lui fit porter le raisin à
la masse.

A midi on se retira sous un hangar; un repas
délicieux, quoique frugal, les attendait là :
c'étaient de la galette, des tartes aux fruits, ap-
prêtées par les ménagères, des omelettes au
lard, un agneau rôti tout entier, des crèmes,
les fruits revêtus de leur fleur, du vin doux.
Lorsqu'on se leva de table, on retourna aux
travaux, à la vigne; là, au milieu des plaisan-
teries, des petites niches qu'on se faisait mu-
tuellement, le soir arriva, et l'on reprit, en
chantant en chœur une ronde villageoise, le
chemin de Marly. Quelle douce surprise à l'arrivée! La cour et les jardins étaient illuminés
en verres de couleur. Sous une allée couverte,
une longue table était dressée, resplendissante
avec sa nappe blanche comme neige, sa vais-
selle de faïence bleue, ses verres brillants, ses
mets parfumés, les fleurs qui marquaient chaque place; mais cette scène devint bien autre-
ment vivante et joyeuse lorsque tous les con-
vives y furent placés. Ce repas ne se termina

que vers le milieu de la soirée; alors, aux ac-
cords d'une musique villageoise, mais vive et
sautillante, des danses se formèrent. Nos collégiens firent merveille; ils s'élançaient, sau-
taient, les glissades se succédaient, leurs fati-
gues de la journée étaient bien loin de leur
pensée, et jamais les petites villageoises admi-
ses, jamais les sœurs de ces messieurs, demoiselles un peu rieuses, malicieuses à l'excès,
n'avaient vu des danseurs aussi infatigables. Je
crois qu'ils auraient continué longtemps encore; mais le jour qui s'annonçait par quelques
lueurs blanches, les lumières qui s'éteignaient,
les danseuses devenues plus rares, mirent fin à
leurs exploits, et tout le monde se sépara.

XI

LE CERF-VOLANT,

Le vent se leva doux et frais ; c'était l'une de ces belles journées d'automne à grandes brises, à chants d'oiseaux, à feuilles qui tombent en murmurant doucement : assise sur la terrasse, madame Cantal, la mère de Léon, faisait déjeuner nos petits collégiens.

« Voici un temps superbe pour faire lever un cerf-volant, dit Léon, en déchirant une feuille de papier, et en jetant les débris au vent; puis, les regardant s'élever, flotter, voleter comme des papillons blancs, il ajouta : — Quel dommage de ne pas avoir un cerf-volant; nous nous serio   bien divertis! Ah! si nous étions à Paris, ce ne serait pas difficile à trouver; mais dans ce village on n'a rien, absolument rien.

— Nous n'avons pas besoin qu'il y en ait,

nous n'avons qu'à en faire un nous-mêmes, proposa Amédée.

— Rien n'est plus facile, dit Henri; avec de
l'osier, de la colle et quelques petites gravures,
je te ferai un cerf-volant magnifique.

— Allons! vite à l'ouvrage, s'écria Léon; lui-
même descendit couper de l'osier dans le jardin.
Amédée fit ployer les rameaux souples, les re-
courba autour d'une tige plus forte; Louis passait la colle sur le papier; Henri découpait des
étoiles, des cœurs, des triangles en papier doré;
Anna, la sœur de Léon, s'était décidée à sacri-
fier trois belles estampes pour l'embellissement
du cerf-volant, et roulait en papillotes du papier
rose qu'elle attachait après une ganse de même
couleur. Le corps du cerf-volant terminé, chacun vint y ajouter quelque chose; Léon suspen-
dit au sommet et sur les côtés trois pompons
bien bouffis qui s'agitaient aussi gracieusement
que les clochettes d'un pavillon chinois. Anna
attacha elle-même la belle queue rose bien four-
nie, bien longue. Henri, avec une symétrie d'ar-
tiste, parsema d'une multitude d'étoiles d'or la
surface légèrement azurée du cerf-volant; il
place au milieu une Vénus, traînée dans son
char, autour un Mayeux faisant la révérence,

un singe qui se faisait la barbe, un Croquemitaine emportant une petite fille, et le portrait
fidèle du postillon de Lonjumeau. Amédée borda
le cerf-volant d'un filet rose; Louis boucla les
pompons, et tourna avec attention la pelotte de
ficelle autour d'une branche de sureau élégam-
ment ratissée, sculptée. Quand tout fut terminé,
séché au soleil, un cri d'admiration retentit
sur la terrasse. C'était vraiment un splendide
cerf-volant; nos collégiens s'admiraient dans leur
œuvre.

— Eh bien! disait Léon en se frottant les
mains, et regardant de côté le cerf-volant qu'A-
médée plaçait sur toutes les faces; eh bien!
ne vous l'avais-je pas dit que nous nous en
tirerions?

— Je n'en ai jamais vu de si beau, s'écriait
Louis; je n'en achèterai plus chez l'épicier, ma
foi!

— Les épiciers! reprit Amédée! je voudrais
bien faire quelque chose qui ressemblât aux
épiciers!

— Il ne s'agit pas de bavarder maintenant,
observa Henri; notre cerf-volant est très beau,
mais encore un cerf-volant n'est pas fait pour
être regardé; voilà deux heures que j'entends

sonner à la pendule du salon : si nous ne nous hâtons pas, nous ne pourrons pas le faire lever aujourd'hui.

Anna demanda à sa mère la permission d'accompagner son frère, et la pria avec instance de venir elle-même présider à l'ascension du merveilleux cerf-volant.

En conséquence, madame Cantal prit son ouvrage, la broderie d'Anna, serra le tout dans un panier à ouvrage dont la jeune fille se chargea, tandis que Louis passait à son bras le petit pliant, inséparable compagnon des excursions un peu lointaines. Henri posa le cerf-volant sur son épaule, avec toute la majesté digne d'un enseigne portant son drapeau; Léon tenait la pelote de ficelle et soutenait la gracieuse queue; derrière venaient Louis, Anna sautillante, joyeuse, à l'abri sous un large chapeau de paille, et madame Cantal, son ombrelle à la main. Amédée allait en avant, explorant le pays, ou plutôt les mûriers, les framboisiers de la route, dont, avec une galanterie charmante, il recueillait les fruits les plus noirs, les plus beaux, pour les venir offrir d'abord à madame Cantal, à Anna, puis avec moins de cérémonie à ses petits camarades.

Enfin l'on découvrit une belle pelouse fraîche
et verte, entourée d'un rideau de peupliers. De
bruyantes acclamations, des cris d'enfants, des
robes blanches, de légères blouses grises, qui
passaient, repassaient à travers la feuillée, an-
nonçaient que la plaine était déjà animée par
d'heureux enfants en vacances, et un cerf-volant
qui se balançait, souple et blanc, au-dessus
de la cime des peupliers, disait assez quel
genre d'amusement les petits inconnus avaient
choisi.

— Bon! les gens d'esprit se rencontrent, dit
Henri; ils font lever un cerf-volant aussi.

— Tant mieux, s'écria Amédée, nous verrons
celui qui ira le plus haut.

La connaissance fut bientôt faite; entre collégiens en vacances, petites filles de huit à dix
ans, c'est chose d'un instant. Tandis que les
demoiselles parlaient poupée et jouaient aux
quatre coins, que les mamans réunies brodaient
à l'ombre sur la lisière du bois, les petits garçons établissaient une comparaison entre les
cerfs-volants, et les inconnus témoignaient
leur profonde admiration pour le talent de nos
héros.

— Nous avons apporté le nôtre de Paris, et

il n'est pas certainement aussi beau, disait un petit mutin, à la tête blonde, étourdie.

— Il est peut-être plus léger que celui-ci, dit Léon; la beauté fait peu de chose à un cerf-volant.

— Eh bien ! essayons, proposa Amédée, établissons une lutte entre les deux, faisons-les partir en même temps, nous verrons celui qui gagnera.

— Et quoi gagner? observa un petit joufflu, dont les grosses joues et la bouche riante attestaient quelque petite disposition à la gourmandise. Si nous étions aux Tuileries, on pourrait gagner du pain d'épices, des plaisirs, des gaufres, et c'est joliment bon les gaufres; mais ici...

— Tiens, Edouard, tu n'y penses pas; toi qui es si gourmand, où donc as-tu la tête? vraiment je ferais une croix à la cheminée. Et les tartelettes du pâtissier! les tartelettes aux cerises, aux abricots ! en rentrant dans le village, nous passerons devant la boutique.

Cette idée lumineuse fut suggérée par une petite fille qui, en suivant la course sinueuse de son cerceau, avait entendu les regrets friands de son frère, et venait de les dissiper.

Donc la lutte, le duel commença. Bientôt, s'élevant d'un vol égal, soutenu, les deux cerfs-volants rasèrent la cime des peupliers, l'un se détachant de l'air et de la verdure par sa blancheur éclatante, l'autre par son corps légèrement azuré, par ses pompons roses, sa queue carminée qui ondoyait, et tour à tour vacillante dans l'air ou traînant sur la feuillée, était d'un aspect si ravissant, et semblait l'aile rose d'un oiseau bleu. Jusque-là il y avait égalité parfaite; en s'élevant, les deux cerfs-volants, perdant de leur dimension, semblaient une couple de colombes, l'une bleue, l'autre blanche comme neige, et toutes deux paraissaient voler de concert. Tout-à-coup le vent s'éleva plus fort, le cerf-volant bleu tourna, chavira... La sueur montait déjà au front de Léon et d'Henri : le rival, le blanc montait toujours; l'autre flottait..... il all it tomber..... Soudain le vent changea, le cerf-volant d'azur se redressa, et, à l'étonnement de tous, s'éleva avec une vitesse prodigieuse, laissant au-dessous de lui ce rival pour lequel la victoire avait paru se déclarer un instant auparavant.

— Bravo! bravo! criaient Louis et Amédée en battant des mains.

— Ma foi, nous voilà enfoncés; à nous à payer les tartelettes. Nous sommes vaincus, clamait, d'un autre côté, l'amateur de gaufres.

En effet le cerf-volant adversaire tombait en tournoyant dans l'air, et bientôt après il gisait sur le gazon.

Quant à l'autre, on ne le voyait plus; il avait d'abord paru comme une étoile avec une queue flamboyante, une comète en miniature : puis la comète était devenue un point noir, puis ensuite le point noir s'était réduit à rien. Toute la ficelle était dévidée, les propriétaires du cerf-volant vainqueur avaient mal au cou, à force de lever la tête en l'air; ils ne voyaient rien.

— Il est clair que vous avez gagné, dit l'un des adversaires; vous pouvez, si vous voulez, faire redescendre votre cerf-volant.

Amédée fit donc tourner la ficelle de nouveau; mais la pelotte avait beau se regarnir, on ne voyait plus de cerf-volant.

— C'est fameux, murmurait Amédée; il s'est donc envolé ce cerf-volant!

— Ma foi, il faut le croire, dit Louis assez piteusement, en allant ramasser la ficelle, qui, s'assoupissant dans l'air, venait de tomber, em-

portant, pour tout débris, tout vestige du vainqueur, un petit morceau de papier.

— Allons, il a pris des ailes, et il s'est envolé.

— Ce sera une étoile dans le ciel.

— Une comète soignée, ma foi.

— Il est parti, bon voyage ! — Il s'est trouvé
trop beau pour redescendre, il nous a dit bon-
soir. — C'est égal, vous avez toujours gagné les
tartelettes.

Les mamans, les sœurs, qui s'approchaient,
vinrent inviter nos petits garçons au départ ;
tous rirent beaucoup de l'ascension du splendide cerf-volant, et, un quart d'heure après, les
tartelettes, sortant du four, étaient rudement
festoyées par la bande joyeuse. Ainsi se termina
le duel, ou plutôt la lutte entre les deux cerfs-
volants.

XII

LES PETITS BOTANISTES

A leur tour, les petits Derbain avaient désiré amener leurs bons amis passer les quinze derniers jours de congé chez leur père, à Auteuil. On avait donc dit adieu à Marly, à son parc, à ses châtaigniers, à ses jolies petites chaumières presque toutes enlacées de vignes et de hauts rosiers blancs, presque toutes gardées par une bonne petite Vierge grossièrement sculptée dans la muraille moussue, et l'on s'était rendu à Auteuil. Là on n'avait pas retrouvé, comme à Marly et à Maisons, ces soins de mère, de jeunes sœurs, si délicats, si empressés; M. Derbain était veuf; mais il tâcha de faire oublier, par ses leçons, sa constante sollicitude, l'enjouement dont il entourait ses fils et leurs jeunes amis, l'absence de ces êtres chéris dont la mort l'avait impitoyablement privé. Aussi partageait-il toutes leurs promenades, tous leurs

jeux, et jamais nos collégiens ne rentraient
d'une excursion sans rapporter quelque connaissance nouvelle, quelque acquisition utile ou
agréable.

Ce qui leur plaisait par-dessus tout était la
promenade dans le bois ou dans la prairie. Là
un insecte qui volait, une fleur inconnue, le
chant d'un oiseau, donnaient lieu à des conversa-
tions remplies d'intérêt. Cela était venu au point
que nos jeunes amis voulaient devenir botanistes;
ils avaient préparé de grands casiers blancs,
d'autres en papier gris, pour mettre leurs plantes en presse, et ils remplissaient à l'envi leurs
cahiers à feuilles blanches, sitôt que l'humidité
de leurs fleurs avait passé dans les couches de
papier gris.

Un jour qu'ils se promenaient avec M. Derbain dans le bois de Boulogne, Amédée ayant
montré à son père le cahier qu'il décorait du
titre pompeux d'*herbier*, celui-ci sourit en
voyant toutes ces plantes entassées l'une sur l'autre. Il s'assit sur un petit tertre de gazon qui
s'arrondissait autour d'un tronc d'arbre, invita
les enfants à en faire autant, et essaya de leur
faire comprendre ce que c'était qu'un herbier,
que l'étude d'une plante.

— Je ne vis blâmerai pas, dit-il en s'adress-
sant à Amédée, du désir de commencer un herbier, tout au contraire; mais c'est là une oc-
cupation moins d'agrément que d'étude. Un
véritable herbier demande le plus grand ordre
et beaucoup de connaissances en botanique; les
plantes se divisent en plusieurs classes; ces
classes se subdivisent elles-mêmes en familles;
il faut qu'elles soient rangées par degrés, et
que l'œil, en ouvrant l'herbier, soit mis au fait
de cette classification. Pour les disposer ainsi,
il faut savoir parfaitement distinguer ces familles, il faut beaucoup d'observation; car ces
divisions naissent ou de la disposition des pétales ou de leur couleur, de leur nombre, de
la quantité des étamines, des propriétés physi-
ques ou médicales de la plante. Ainsi cette petite
fleur a quatre pétales disposés en croix : elle
est de la famille des crucifères; ces fraisiers
que vous voyez à quelques pas ont leurs fleurs
rangées parmi les rosacées; ces gueules de loup
sont de celle des papillonacées; ainsi de suite.
Il ne vous reste guère qu'une huitaine de jours,
et vous irez au collége; maintenant les fleurs
commencent à devenir rares, sans cela je vous
aurais fait commencer un herbier sous mes aus-

pices; mais ce sera pour les vacances prochai-
nes; le reste de celles-ci, nous l'emploierons à
distinguer les familles; et c'est alors, mes amis,
que vous pourrez faire un herbier utile pour
vous amuser, et intéressant pour tous ceux à qui
vous le montrerez.

———

XIII

LE PETIT PÊCHEUR IMPRUDENT.

En effet, il ne restait plus que huit jours de
vacances à nos collégiens; le temps coulait
avec une rapidité effrayante, et chaque heure
nouvelle qui sonnait leur jetait à l'oreille ce
mot terrible : Le collége! le collége! Léon lui-
même, le studieux Léon, en avait presque le
frisson. Enfin, la veille de la séparation étant
arrivée, nos camarades voulurent consacrer la
dernière soirée qu'ils avaient à passer ensemble
à une promenade sur l'eau et une promenade
nocturne.

Le temps les secondait à merveille dans **leur**

projet. Il faisait un clair de lune si limpide,
si beau, qu'on eût pu lire à cette seule clarté.
Amédée résolut donc d'entreprendre une pêche
au clair de lune. Malgré les représentations
d'Henri et le souvenir de Léon, qui lui rappela
qu'il n'avait pas été heureux à Maisons dans
cette sorte d'entreprise, Amédée brava tout,
emporta l'échiquier, regrettant seulement de ne
pas être dans le Valais, où il prendrait grand
plaisir, disait-il, à pêcher avec une serpe et
une lanterne. Il eut même la tentation d'es-
sayer, et l'aurait exécuté, si son frère ne l'eût
fait souvenir que c'étaient des truites que les
Valaisiens pêchaient de si étrange manière,
tandis que lui n'avait à faire qu'à de pauvres
goujons, et autre menu fretin.

Ils ne tardèrent pas à arriver près de la rivière; là ils louèrent un bateau pavoisé, une
jolie petite gondole, et commencèrent à y en-
trer, à agiter les rames, et à la faire marcher,
sans s'éloigner du bord pourtant. Ils en avaient
fait la promesse à M. Derbain, qui, retenu par
une affaire imprévue, devait les venir joindre
bientôt. Là Am'dée commença à faire des
siennes, à se vanter, à parler à tort et à travers,
à faire pouffer de rire ses camarades, car ses

petites fanfaronnades n'étaient pas tant inspi-
rées par sa petite vanité que par le désir de
mettre ses compagnons en gaîté ; donc, tout en
faisant tremper son échiquier dans la rivière, il
contrefaisait, avec une exactitude de collégien,
toutes les baroques physionomies qui lui revenaient en mémoire.

— Messieurs, mesdames, disait-il d'un ton de
fausset, attention! Voichi maître Parnapé, le
hortier du collèche de Charlemagne, pon Alle-
mand franchisé, manchant de la choucroute
comme un enraché, poitant de la champe cau-
che, et tirant le corton, son pipe à la pouche.

Changement de décoration : — Voici made-
moiselle Laurette, la lingère, avec son œil de
cyclope, ses fluxions, ses lèvres pincées, taffetas
noir sur l'œil gauche, sa robe de bouracan
jaune, un bas bleu passé dans le poing, lequel
bas bleu vous la voyez repirser, remmailler,
tout en cancanant. — Passe. — Maintenant
vous avez l'honneur d'examiner un franc cuisinier maître Jérôme Patignac. Sandié, messieurs, né voyez-vous, cé bravé gascon né sur
lé voré de la Garonne, avec son vonnet dé coton
posé sur l'oreille, son nez hérissé de verrues, la
vouche pleine, car il né s'ouvlie pas, maître

Jéromé ; là voyez-vous tournant ses sauces, le nez en l'air, son tablier retroussé, son couteau brandissant, une, deux, trois ; avez-vous vu ? passe. — Aïe, j'en ai un point de côté, dit Amédée, en s'arrêtant un instant et cessant ses contorsions, il recommença bientôt.

— Du burlesque passons au gracieux : l'Apollon du Belvédère, messieurs !

Maintenant, l'Hercule de Falaise !

— De Farnèse, imbécile, s'écria Henri en riant. — Bah ! ça n'y fait rien, répondit Amédée ; attachez-vous à la pose, messieurs, non à la parole. Admirez Zéphire pêcheur !... Et faisant vaciller le manche de l'échiquier, un pied en l'air, les bras en avant, l'autre pied posé sur le bord vacillant du bateau, l'imprudent se donnait des grâces.

— Comme c'est volatil, messieurs. — Ah ! fit-il tout-à-coup... Le pied lui avait manqué, il tomba dans l'eau. Un cri du rivage se mêla au cri des jeunes collégiens ; par bonheur M. Derbain arrivait dans l'instant ; il plongea aussitôt après Amédée, et reparut avec lui, le posa dans le bateau, y rentra lui-même, et tandis que son fils faisait retourner le bateau à la rive, il faisait revenir notre Zéphire pêcheur.

Amédée ne tarda pas à rouvrir les yeux et à parler, à rire de plus belle, plaisantant sur sa chute et sa pose volatile. Il aurait resté volontiers encore ; mais son père remarqua qu'il était pâle ; il avait le frisson ; ses vêtements étaient trempés, et cet incident mit fin à la promenade sur l'eau.

Le lendemain matin, tous quatre partirent pour Paris : trois jours de vacances restaient encore ; mais ils allèrent les passer chacun dans leurs familles, qui étaient revenues, pour cette seule cause, séjourner quelque temps à Paris. En descendant de voiture, nos collégiens se firent donc leurs adieux, leurs doléances, puis ils se consultèrent, en formant de grands projets pour les vacances à venir.

XIV

LE PETIT CONTEUR.

Voilà qui est fait! nous avons enterré les vacances, nous sommes engagés pour onze mois
encore comme ça, dit Louis à Léon, comme la
grande porte du pensionnat se refermait derrière
eux, et qu'ils avaient pour toute perspective la
vue de la grande cour, et le minois peu gracieux
de madame Laurent, la portière.

— Oh! nous aurons bien encore des congés
par-ci, par-là, répondit Léon d'un air distrait;
et, s'adressant à madame Laurent, il lui demanda
si Adrien était déjà rentré.

— Je le crois bien, depuis trois semaines il
est ici; sa maman n'a pas voulu l'avoir sur le
dos : c'est un vrai démon de Lucifer, y n'y te-
naient pas chez eux, il leur a tant fait de niches
qu'ils nous l'ont renvoyé. Jésus du bon Seigneur!
quel diable, quel garnement; y nous a tout fait,
quoi! Ah! j'ai qu'un garçon, Bibi que v'là;

mais s'y fallait qu'y soit dévergondé comme ça queuque jour, je le mettrais du coup aux Enfants-Trouvés.

— Ce pauvre Adrien, dit Léon en s'éloignant, il a mauvaise tête, mais bon cœur. Je suis sûr... Sa pensée acheva ce qu'il voulait dire.

— De quoi es-tu sûr, Léon? demanda Louis.

— Oh! ce n'est rien, répondit Léon; je crois qu'on n'obtiendra aucun changement d'Adrien par les punitions, et qu'on en ferait tout ce qu'on voudrait si l'on savait le prendre... C'est un bon garçon au fond... Oh! cela ne passera pas inaperçu, dit-il encore tout haut, comme répondant à sa pensée; et une larme d'attendrissement brillait dans ses yeux.

Quinze jours après, un jeudi soir, pendant la récréation qui précède le souper, dans le jardin du pensionnat, s'étaient assis et groupés nos anciennes connaissances : Prosper, Arthur, Oscar, Louis, Léon et tous les autres, jusqu'à maître Bibi, qui ce jour-là, par parenthèse, avait échangé son bourrelet contre une belle casquette bordée de peau de lapin.

Adrien s'y trouvait aussi, par extraordinaire; car, toujours plus méchant sujet, il était régulièrement en retenue tous les jours. Quelquefois, étonné de la constante perversité, des habitudes blâmables de cet enfant, le maître l'avait engagé à se corriger, lui rappelant, pour preuve de sa mauvaise volonté, les quinze derniers jours qui précédèrent les prix, laps de temps pendant lequel sa conduite fut vraiment exemplaire. Toutes les fois que M. Sennerre parlait de ce temps-là, l'incorrigible répondait, avec une pirouette, que ça ne prouvait rien. « Bah ! c'est que j'étais malade : à présent, je me porte bien, c'est une autre paire de manches ! » et il s'en allait en fredonnant. Une fois pourtant il avait, en relevant la tête, rencontré le regard pénétrant de Léon fixé sur lui : ce regard l'avait décontenancé; devenu tout rouge, il s'en était allé rêveur.

— Oh! je ne me suis pas trompé, dit Léon, c'est à lui que je dois cela : pauvre Adrien, je te ferai connaître. Ce soir-là donc, tous les écoliers étaient rassemblés autour de Prosper, qui lisait à haute voix les Contes de fées de madame d'Aulnoy.

Adrien, tandis que tous écoutaient avec une grave attention les merveilleuses aventures de la princesse Gracieuse et du prince Percinet,

faisait mille singeries pour détourner leur at·
tention, relevait les velours et les cuirs échap-
pés au lecteur, était insupportable comme toujours.

— Oh! que c'est bête les contes des fées,
dit-il enfin en bâillant et ouvrant une mâchoire
démesurée; faut-il être godiche pour écouter
ça !

— Voyons, Prosper, demanda Léon, si tu
veux me céder ta place, je lirai à mon tour non
pas un conte, mais une histoire véritable.

Prosper céda sa place à Léon; Adrien n'eut
rien à objecter; il était à remarquer qu'il ne
lui arrivait jamais de railler lorsqu'il s'agissait
de Léon. Celui-ci commença donc l'histoire sui-
vante, qu'il avait copiée, dit-il, dans un recueil
d'anecdotes.

———

XV

L'ECOLIER CONVERT.

« Edmond Saincy, enfant gâté d'abord par
» des parents trop indulgents, avait été, en
» entrant au collége, forcé d'abandonner ses
» petites jouissances, ses caprices, ses jouets,
» ses fantaisies habituelles, et s'était révolté
» tout d'abord contre la discipline du collége.
» Rempli de mémoire, d'intelligence, il réus-
» sissait presque sans travail, et cette facilité
» ne fit qu'aggraver ses coupables qualités
» d'écolier, savoir : l'entêtement, l'insubordi-
» nation. Edmond était le premier chippeur du
» collége, la plus mauvaise tête, le plus pares-
» seux, le plus méchant en apparence; car
» plusieurs fois, par sa faute, ses intrigues,
» il avait fait renvoyer des domestiques, des
» maîtres d'étude. Forcé de sévir contre lui
» avec sévérité, le maître du pensionnat n'ou-
» blia qu'une seule chose, l'indulgence et le

» pardon. Souvent, en voyant un élève réparer
» une étourderie par une preuve de sensibilité,
» il prononçait ce dicton de collége : Mauvaise
» tête et bon cœur! puis il regardait Edmond
» en secouant la tête d'un air qui voulait
» dire : Là tout est mauvais. Ses parents aussi
» se débarrassaient le plus souvent qu'ils pou-
» vaient de cet enfant insupportable; le maî-
» tre ne le gardait qu'à grand'peine, grâce
» aux prières instantes de sa mère. Quand un
» écolier s'était bien mal conduit, la dernière
» expression de mécontentement était celle-
» ci : « Vous serez bientôt plus méchant qu'Ed-
» mond. »

— C'est tout comme pour Adrien, s'écria
Louis, sans réfléchir. — Vraiment! répondit
Adrien en lui faisant la grimace. — Oh! mais
nous ne sommes pas au bout, dit Léon; vous
allez voir qu'Edmond valait mieux qu'on ne
pensait. — Là il regarda encore Adrien; cette
fois son regard était plein de reconnaissance.
Adrien se retourna pour essuyer une larme qui
roulait dans ses yeux, et se mordit les lèvres.
Léon continua :

« Les camarades d'Edmond se déclarèrent de
» même contre lui; les mauvaises têtes seules

» l'admettaient au milieu d'eux, tout autre ne
» le voyait qu'avec répugnance; et par cette
» même raison qu'il raillait sur tout, rien ne
» pouvait lui échapper sans qu'il fût raillé à son
» tour.

» Ceux qui partageaient le fruit de ses esca
» pades le craignaient, mais ne l'aimaient point;
» et, lorsqu'ils le voyaient faible, accablé, ils
» en donnaient la preuve en se déclarant contre
» lui.

» Entre autres exemples, cela arriva un soir:
» Edmond avait sans doute bien mal soupé ce
» soir-là; il avait tout refusé, les plats n'é-
» taient point de son goût, et il comptait peut-
» être sur le succès de ses recherches de chip-
» peur. Mais malheureusement je crois qu'il
» trouva tout fermé; car un maître étant venu
» annoncer qu'on allait à la promenade, il s'en
» réjouit beaucoup, en disant qu'il mourait de
» faim et qu'il espérait se rassasier de pain
» d'épices. On allait aux Champs-Elysées; sa
» bourse n'était pas très bien garnie; comme
» il devait à tout le monde, il n'osait emprun-
» ter. Son appétit se trouva encore aiguisé par
» la route; il crut faire merveille en achetant
» cette sorte de pâtisserie qu'on appelle chaus

» son; il y dépensa le peu qu'il possédait. Ces
» chaussons se trouvaient très-durs, puis rem-
» plis de haricots, de pommes de terre, légu-
» mes collégiens s'il en fut, et qu'Edmond dé-
» testait de toute son âme. Cela le rendit fu-
» rieux ; il courut après la marchande, l'inju-
» ria, la somma de lui rendre son argent, celle-
» ci, sans perdre la tête, lui donna un vigou-
» reux soufflet, et le campa là juste au moment
» où le maître venait le chercher pour retour-
» ner au pensionnat. Je vous demande s'il fut
» bafoué, moqué en chemin; c'était à qui le
» plaisanterait le plus amèrement, l'humilierait;
» aussi arriva-t-il au comble de la colère;
» pensez qu'il avait l'estomac vide et la joue
» encore chaude du soufflet. Un seul ne lui avait
» rien dit, non pas qu'il fût meilleur que les
» autres... »

— Oh ! cela c'est différent, interrompit Adrien.
Il s'arrêta, rougit beaucoup; Léon reprit sa
lecture.

— « Non pas qu'il fût meilleur que les au-
» tres, mais parce qu'il sentait bien que ce
» pauvre Edmond devait avoir faim, et qu'il
» n'entrait rien de sa faute dans tout cela. Il
» se trouva que celui-ci possédait dans sa case

» un petit pain mollet et un pot de confitures,
» apportés par sa mère dans la journée; il l'of-
» frit à Edmond, et le pauvre garçon en avait
» réellement besoin. Certes c'est la chose que
» tout collégien aurait faite; mais Edmond fut
» peut-être touché que celui qu'il n'épargnait
» pas l'avait épargné ce jour-là; et que fit-il?»

Ici Adrien se leva et s'en alla; mais derrière
le tronc d'arbre devant lequel s'étaient groupés
les enfants, s'appuyait alors M. Sennerre.

— « Que fit-il? Le père de Paul, étant tombé
» malade, envoya chercher son fils le lende-
» main, et cette absence forcée le privait de
» deux compositions décisives pour les prix :
» l'une, composition d'histoire; l'autre, de ver-
» sion. Edmond devait les remporter infailli-
» blement; on s'attendait à voir éclater sa joie.
» Point du tout, il garda le silence, et on n'eut
» qu'à se louer de sa conduite pendant les der-
» niers jours des prix. Paul revint bientôt;
» mais de deux compositions, il n'en put faire
» qu'une, et la fit très mal, n'ayant pas eu le
» temps de jeter un regard sur ses cahiers. Le
» jour des prix arriva; il était tout chagrin,
» car il n'espérait guère qu'en ces deux prix,
» et l'absence qu'il avait faite lui ôtait tout es-

» poir. Quelle fut sa surprise de s'entendre ap-
» peler successivement pour l'histoire, la ver-
» sion latine! Un moment il crut rêver; machi-
» nalement il regarda Edmond, il le vit épa-
» noui de joie. Alors il comprit tout : il com-
» prit pourquoi Edmond n'avait pas voulu
» aller à la promenade un certain jour; il se
» souvint qu'en prenant sa compositon sur son
» pupitre pour la remettre au professeur, il
» s'étonna de la trouver si volumineuse. Il se
» rappela la félicitation qui lui fut adressée
» sur son changement d'écriture; il comprit
» qu'Edmond avait fait ses deux compositions,
» cela par reconnaissance pour une moquerie
» retenue, un peu de charité d'écolier. Il vou-
» lut parler, déclarer hautement la superche-
» rie, faire apprécier cet Edmond que tous mé-
» connaissaient; mais les prix qu'il venait de
» recevoir, se trouvaient les derniers à distri-
» buer, sa voix fut étouffée par le tumulte. Il
» voulut rejoindre Edmond, celui-ci était déjà
» parti. »

    — Ce pauvre diable, s'écrièrent tous les éco-
liers, c'était un brave garçon, ma foi! tout le
monde n'en ferait pas autant.

    — Non; mais ce qu'il y a de mieux, dit Léon,

qui ne regardait plus dans son livre, ce qu'il n'y a de mieux, c'est qu'il n'en parla point, il n'alla pas s'en vanter.

— Oui ; mais l'autre devait le dire : ce pauvre Edmond, si on le punissait toujours, c'était désespérant : peut-être qu'il aurait changé.

— Et c'est bien ce que je vais faire aussi ; j'attendais l'occasion depuis longtemps, Messieurs : ce n'est pas Edmond, mais Adrien qui a fait ce généreux sacrifice ; c'est à Adrien que je dois les prix d'histoire et de version.

— Impossible ! s'écrièrent les écoliers ! — Voilà pourtant la vérité ; il a bien vu ce que je voulais dire, aussi est-il parti : M. Sennerre n'aurait qu'à chercher parmi les compositions, je suis sûr de ce que j'avance.

M. Sennerre avait tout entendu : sans dire un seul mot, il alla chercher les compositions. Le fait se trouva vrai, toutes deux étaient d'Adrien... Muni de ces pièces de conviction, qui lui donnaient l'espérance de ramener au bien une tête égarée, il courut au jardin ; il était désert. En entrant dans la salle d'étude, il vit tous les pensionnaires assemblés autour d'Adrien, que Léon embrassait, remerciait, que tous félicitaient à l'envi. Lui, Adrien, pleurait, appelant Léon son véritable ami.

Dès que les enfants aperçurent M. Sennerre, un seul cri s'éleva pour l'instruire du sacrifice de leur camarade.

— Je sais tout, répondit M. Sennerre; et, s'avançant, il embrassa Adrien, et lui dit : Vous avez préparé une grande joie à votre mère, Adrien; voulez-vous continuer? voulez-vous changer de vie?

— Oh! Monsieur, s'écria l'enfant avec effusion, vous verrez!...

Adrien est aujourd'hui l'émule de Léon, aux classes comme aux récréations; son caractère a entièrement changé, c'est un modèle : lorsque sa mère ou son maître le félicite, il se retourne vers Léon, et lui dit : Ami, c'est à toi que je dois tout cela. Léon alors est plus heureux que lui.

FIN.

TABLE

TABLE

—

FIN DE LA TABLE.

Limoges. — Imp. E. Ardant et Cⁱᵉ,

www.ingramcontent.com/pod-product-compliance
Lightning Source LLC
Chambersburg PA
CBHW070744280626
47162CB00017B/2335